事故物件探偵

建築士・天木悟の挑戦

角川文庫
24371

CONTENTS

事故物件探偵　人物紹介

天《あま》木《き》 悟《さとる》

有名人を両親に持つ、
スター建築士。
一方で事故物件の
心理的瑕疵の解決に
心血を注ぐ。

織《おり》家《や》紗《さ》奈《な》

建築学科に通う
大学一年生。霊が見えるが
本当は見たくない。
天木に憧れていたが……。

イラスト／世禕

空橋《そらはし》圭史郎《けいしろう》

不動産屋
『黒猫不動産』代表。
天木の大学時代の同級生で、
事故物件関連の相談を
持ち込む。

七瀬《ななせ》乃愛《のあ》

紗奈の同期生。
気さくな人柄で、
人との距離感が近い。
紗奈にある相談を
する。

斑間《まだらま》一輝《いつき》

オカルト系動画配信者。
ある心霊動画が
100万回超の再生を記録。
テーマカラーは赤。

プロローグ

「……暑い」

炎天下の横浜《よこはま》市街地をゾンビのように歩きながら、織家紗奈《おりやさな》は一人そう呟《つぶや》いた。

ビル群の窓という窓が、夏の日差しをぎらぎらと反射している。焼けた路面は、生卵を落とせば冗談抜きで目玉焼きができるだろう。街路樹に止まる蝉の鳴き声が、体中から噴き出す汗に拍車をかけているように思えてならない。

大学の夏休みは、高校よりもずっと長い。約二か月というこの期間をどう過ごすかは、当然それぞれの自由だ。

気の合う仲間と遊び三昧《ざんまい》もよし。実家に戻りのんびり過ごすもよし。学生の本分である勉学に励むもよし。織家の場合は、もっぱらアルバイトに費やしていた。

「や、やっと着いたぁ」

買い出しの品がパンパンに入ったポリ袋を両手に提げて、織家はビルとビルの隙間の狭い道を進んでいく。その先にあるのが、バイト先である天木《あまき》建築設計の事務所だ。

元々立っていた古民家を改装しており、竹の塀に囲まれた黒い焼杉の外壁と、様々な形をした窓の組み合わせが面白い外観をしている。

高層ビルに囲まれて立つレトロな建物は、隠れ家的な雰囲気を醸《かも》し出している。実際、わかりづらい立地にも拘《かか》わらずお客さんには好評のようだ。

飛び石のアプローチを進み、玄関の引き戸を開けた織家はホールに崩れ落ちる。エアコンで適温に冷やされた事務所内は、まさに天国だった。

「ご苦労様、織家ちゃん」

労《ねぎら》いの言葉と共に差し出されたスポーツドリンクのペットボトルを、織家はラッパ飲みした。程よく冷えた水分が、体の隅々にまで染み渡る。

「ぷはーっ！　生き返りました！」

そんな自分のはしたなさに今更ながら気づき、恥ずかしくなって縮こまる。その様子を見て、彼はハハハと楽し気に笑った。

彼は空橋圭史郎《そらはしけいしろう》。マッシュカットの黒髪に縁なし眼鏡をかけた童顔だが、年齢は三十を超えているというから信じられない。腕に抱かれているオッドアイの黒猫はヒゲ丸といい、空橋が横浜中華街で経営する『黒猫《くろねこ》不動産』の看板猫である。

「来てたんですね、空橋さん。ヒゲ丸も！」

織家の心の癒しであるヒゲ丸は、差し伸べた手に自ら頬を擦《こす》りつけてくれた。

「それにしても、織家ちゃん一人にこんな大荷物の買い出しをさせるなんて、天木も酷《ひど》いね。可哀想に」

空橋は大学時代のホスト経験もあってか、さらりと女性を気遣うことができる。そんな彼に乗せられて、織家もついつい饒舌《じょうぜつ》になってしまった。

「本当ですよ。酷い男です」

「酷い男で悪かったな」

背後から、不機嫌な声が飛んできた。おそるおそる振り返ると、階段の辺りによく知る人物が立っている。

「た、ただいま戻りました……天木さん」

口をへの字に曲げている彼こそが、この天木建築設計の代表である天木悟《さとる》だ。容姿端麗で頭脳明晰《めいせき》。舞台俳優の父と元アイドルの母の下に生まれたサラブレッドで、依頼が絶えない引く手数多《あまた》の人気建築士である。

だが、それは表の顔に過ぎない。

裏では、自ら進んで事故物件の調査を請け負っている。強い霊感を持つ織家は、そんな彼にスカウトされて嫌々ながら働くことになったわけだが、天木は決して向こう見ずなオカルトマニアというわけではなかった。

全ては、天木が独立後初めて建てた住宅『白い家』を救うための行動だったのだ。

白い家は現在、原因不明の怪異に侵されている。居座る霊が強力過ぎて、現状では打つ手がない。だから天木は、あらゆる事故物件を調査することで、白い家の抱える問題を解決する方法を探し出そうとしているのだ。

白い家は、織家にとっても自分を建築の世界に導いてくれたかけがえのない家だ。あの家を救いたい気持ちに賛同したからこそ、怖い気持ちをどうにか抑えてバイトを続けている。

「荷物を下ろしたらデスクに戻れ。まだ就業時間中だぞ」

「わ、わかってますよ」

そんな言い方しなくてもいいのにと思っていると、天木が「それから」と言葉を付け加える。

「冷凍庫にアイスが入っている。好きな時に食べるといい」

「ホントですか？　ありがとうございます！」

喜んだ直後、織家ははっとなる。

不機嫌から一転、アイス一つでご機嫌になってしまうとは、我ながら子どもみたいだ。

そんな織家の心中を知ってか知らずか、天木は僅《わず》かに口元を緩ませていた。

天木建築設計では、平和な夏のひと時が流れている。

もちろん、それは次の事故物件調査依頼が舞い込むまでの束《つか》の間の平穏でしかないのだが。

第一話　恋する事故物件

一歩踏み出すと、宙に投げ出される。

右も左も上も下もわからないうちに、体がアスファルトに激突する。頭蓋骨《ずがい》が砕け、脳漿《のうしょう》が飛び散り、腕と足はおかしな方向に捻《ね》じ曲がり、肉片が地面と同化する。その行動を、幾度となく繰り返す。昨日も、今日も、おそらくは、明日《あした》も。

わかってほしい。気づいてほしい。だから落ちて、落ちて、落ちて落ちて落ちて落ちて——。

◆

織家の通うY大学は、横浜の郊外にキャンパスを構えている。市街地より利便性には劣るが、その分自然が豊かで、時間の流れも穏やかに感じるので気に入っていた。

夏休みに入れば、大学に出向く必要はなくなる。それなのに織家が炎天下にわざわざキャンパスを訪れた理由は、休暇中に出された課題の資料を図書館で探すため——というのは、建前だ。

真の目的は、ずばり学食である。

学食というのは、とても素晴らしい。メニューは豊富で量も大満足。味も抜群な上に、そのほとんどがワンコイン以下というのだから驚きだ。

学費と生活費を全て自分で稼がなければならない状況に置かれていた織家にとって、学食の食事はそれでも高級料理だった。しかし、天木の力添えもあって、Y大学への進学に反対していた父とも和解することができ、金銭面で支援をしてもらえることになった。

というわけで、織家の懐事情には大分余裕が生まれている。

そんな経緯を経て、夏休み前に初めて学食に手を出した結果、ドハマりしたのだ。

「お願いします」

食券を厨房《ちゅうぼう》のおばちゃんに渡し、料理ができるのを待つ。白と黒のシンプルな壁掛け時計は、正午を過ぎた辺りを指していた。休暇前は人で溢《あふ》れていた食堂も、今はサークルの集まりなどで来ているらしき学生が十数人いる程度である。

これなら座席が確保できない心配はないと考えているうちに、頼んでいた料理が出てきた。トレーを座席に運ぶ間も、漂ってくる香りが食欲をそそる。

今日の昼食は、カツカレー。学食ランキングでも、一二を争う人気メニューだ。空腹の具合とも相談して、思い切って大盛りを頼んでみた。値段はワンコインからはみ出してしまったが、それでも全然お得である。

「いただきます」

両手を合わせ、織家は銀色のスプーンを手に取った。

学食のカレーは、大きめの野菜がごろごろと入っている。定番のニンジン、ジャガイモ、玉ねぎに加えて、アスパラとナスまで投入されているのが嬉《うれ》しいポイントだ。厚切りのトンカツは、ルーが上からかけられているにも拘わらず、嚙《か》むたびにサクサクと小気味いい音を奏でてくれる。

辛さは結構辛め。織家は辛い物があまり得意ではないが、旨味《うまみ》が勝るので不思議と食が進む。スパイスにより額から噴き出す汗をハンカチで拭《ぬぐ》いながら、織家は一人カツカレーと向き合った。暑い日に敢《あ》えて食べる辛い物というのは、なぜこうも美味《おい》しいのか。

「やっと見つけた！」

織家の至福のランチタイムは、そんな大声によって中断を余儀なくされた。

声を発した女性は、自販機のある辺りから手を振り織家の方へ歩み寄ってくる。距離が近づくにつれて、彼女はとても背が高いことがわかってきた。

モデル体形と言うのだろうか。タイトな九分丈のジーンズを穿《は》いた足はすらりと長く、レトロな印象を受けるロゴマークがプリントされた短い丈のトップスからは、へそがちらりと覗《のぞ》いていた。

織家は、まだどことなく幼さの残る彼女の小顔に目をやる。知り合いではないので、後ろの席で集まっているサークルの関係者なのだろう。

そもそも、織家はまだ大学で友達と呼べる存在を作ることができていない。なので、知り合いのはずがないのだ。間違って手を振り返さなくてよかったとこっそり安堵《あんど》しつつ、織家は食べかけのカツカレーに向き直る。

だが、彼女はなぜか織家の向かいの席に腰を落ち着けた。スプーンをやや下げて目を向けると、彼女はにこにこと嬉しそうにこちらを見つめている。

「食事中にごめんね。あ、私のことは気にしなくていいから」

そうは言われても、気になるに決まっている。見ず知らずの人に見つめられているうえに、食べているのはよりにもよってカツカレーの大盛りである。織家は、無性に恥ずかしくて堪《たま》らなくなった。

「顔赤いけど大丈夫？　このカレー、結構辛いよね。水汲《く》んでこようか？」

彼女は心配そうに眉《まゆ》を顰《ひそ》めると、椅子から立ち上がる。

「あ、いいえ！　大丈夫です！」

「そう？　ならいいけど」

とりあえず、悪い人ではなさそうだった。

座り直した彼女がセミロングでストレートの黒髪を掻《か》き上げると、覗いた左耳にはピアスがジャラジャラとつけられている。怖くてピアスの穴すら開けられない織家には、どうにもそれが痛そうに思えた。

「ええと……どこかでお会いしましたっけ？」

スプーンを皿に置き、織家の方からおずおずと尋ねる。

「ううん。そっちはたぶん初対面」

自分の記憶力の問題ではなかったことに、ひとまずほっとする。だが、そうなると尚《なお》更《さら》話しかけられた理由がわからない。

出会ってからずっと嬉しそうにしている彼女は、自身の胸元に手を当てて口を開いた。

「まずは自己紹介ね。私は七瀬《ななせ》乃愛《のあ》。教育学科の一年で、十九歳」

「あ、同い年なんだね」

「そうそう。先輩に見えちゃった？」

七瀬は満更でもなさそうだが、先輩に見えたというよりは、幼い顔つきと長身のギャップのせいで年齢不詳だったので、とりあえず敬語を使っていただけである。もちろん、本人には黙っておくが。

「私は織家紗奈。建築学科の一年だよ」

「織家ね。よろしくー」

何とも気さくな挨拶《あいさつ》だが、織家はまだ七瀬を信用できてはいなかった。話が長引けば、せっかくのカツカレーも冷めてしまうだろう。早期決着を望み、織家の方から問う。

「私に何か用？　悪いけど、サークルとか宗教の勧誘なら他を当たってね」

悲しいことに、大学入学以降に織家に話しかけてくれた人は、そのどちらかしかいなかった。

「ああ、そういうんじゃないの」

七瀬は笑って否定すると、身を乗り出して小声で尋ねてくる。

「織家ってさぁ、オカルト好きでしょ?」

核心に触れるような言い方だったが、織家にしてみれば意味不明である。勘違いもいいところだ。

「嫌いだけど?」

「ええっ! 嘘ぉ!?」

嘘偽りなく否定すると、七瀬は青天の霹靂《へきれき》とでも言うように大袈裟《おおげさ》な声を上げる。少し離れた席の学生たちの視線を集めてしまっていることに気づき、織家は慌てて七瀬を宥《なだ》めた。

「ちょっと、静かにして! そもそも、何で私がオカルト好きだと思ったの?」

「前にたまたま聞いちゃったの。図書館の外で、織家が電話で誰かと事故物件がどうとか、行くならいつがいいとかって話してるのを」

しまった、と織家は頭を抱えた。間違いなく天木との事故物件調査に関する電話のやり取りである。迂闊《うかつ》に学内でそんな話をするべきではなかったと、今更ながら反省した。

表の顔は依頼の絶えない人気建築士である天木は、裏で事故物件調査を行っていることを隠している。なので、どうにか誤魔化さなくてはならない。

「あ、あの電話はその……課題で事故物件を見に行くことになったの。事故物件って、建築業界では結構大きな問題になっててさ、レポートを纏《まと》めるには実際に現場を見た方がいってことで。私は本当に嫌だったんだけど」

「へー。建築学科って、そんなことまでするんだね」

口から出まかせだったが、どうにか信じてもらえたようだった。七瀬は脱力した様子で、椅子の背もたれに身を預ける。

「やっと見つけたのに、無駄足だったか」

溜息《ためいき》交じりのその声は、心底残念そうだった。

七瀬は、学生のほぼいない夏休みにまで、僅《わず》かな望みに賭《か》けて織家を探していたということになる。きっと、何か事情があるのだろう。それも、間違いなくオカルト絡みの。

「騒がせてごめんね。それじゃあ」

「……待って」

立ち去ろうとする七瀬を、織家は反射的に引き留めた。

天木と共にいくつかの事故物件調査を重ねてきたとはいえ、怖いものはまだ苦手だ。見たくなくても見えてしまう織家にとって、オカルト＝怖いものという考え方はそう簡単に覆らない。

だが、自分の力が困っている誰かの役に立つことも、事故物件調査を介して学んだ。

「……話を聞くくらいならできるけど」

控えめな申し出に、七瀬は救われたような笑顔で応《こた》えてくれた。

◆

七瀬が語る相談内容は、要約するとバイト先に霊が出るというものだった。

横浜市街地に立つ五階建てのテナントビル『塩畑《しおはた》ビル』の最上階である五階で営まれているのが、七瀬がバイトをしている『金魚草《きんぎょそう》』という喫茶店らしい。

金魚草を経営している塩畑夫妻は、同時にビルのオーナーでもある。生活のためというよりは趣味でやっているような店であり、仕事内容は楽で時給も悪くないとのこと。

そんなビルで、五年前に若い男性が屋上から身を投げたそうだ。

「これって、織家の言ってた事故物件ってやつだよね？」

「そうなるね。……その情報って、七瀬が自分で調べたの？」

「いや、バイトの面接の時、訊《き》いてもないのにマスターが話してくれたの。普通は隠しそうなもんだけど、どうにも人が良すぎるんだよね」

織家も七瀬と同じ感想を抱いた。事故物件を借りる人には貸主に説明の義務が発生するが、事故物件でバイトをする人にまで説明する義務はない。そんなことを口にすれば、辞退されてしまう可能性も十分ある。七瀬の雇い主は、ずいぶんと正直な人のようだ。

「毎晩九時過ぎぐらいになると、ドンッて凄《すご》い音が外から聞こえてくるって説明されたんだ。でも私、霊とか全然信じない派だったから採用してもらったの。そしたら、本当に毎晩同じ時刻に音が聞こえるんだよね」

「その時刻が、五年前に男性が飛び降りた時間ってこと？」

「そうそう。よくわかったね。本当は織家、オカルト好きなんじゃないの？」

悪戯《いたずら》顔の七瀬に、織家は苦い顔を返すことしかできなかった。怪現象を考察するなんて、間違いなく天木の影響を受けてしまっている。気をつけないと。

七瀬は、話を続ける。

「それでね、音だけならまぁ別にいいかなって思って続けてたの。バイトを始めて、一週間くらい経った頃だったかな？　私、ついに見ちゃったの」

前置きすると、七瀬は両手を正面でだらんと垂らして幽霊を表した。おまけに舌までべろんと出して見せる。

話を始めた時から思っていたのだが、七瀬の語りはどうにも緊張感に欠け、怖い話をしているとはとても思えない。もしかすると、オカルトは嫌いだと言った織家に気を遣ってそんなふうに話してくれているのだろうか。

「喫茶店は夜九時に閉店で、その日は閉店作業をしてる時に急にブレーカーが落ちたの。その時、何気なく窓の外を見たら――若い男の人が、宙に浮いてた」

七瀬の目は、その姿を思い返すように遠くを見ていた。

「年はたぶん私たちより少し下くらい。体は半透明で、高校の夏服っぽい服装だった。佇《たたず》む彼は、マスターがブレーカーを上げて照明がつくのと同時に消えていったの」

「見たのはその一回きり？」

「最近はバイトの度に見るよ。いつも微笑んだり手を振ったりしてくれて、ブレーカーが上がると消えていくの。時間にして、十秒くらいかな」

七瀬は体験談を語り終えると、ふうと小さく息をついた。

「ありがとね、織家。こんな話、相談できる相手がいなくてさ。聞いてもらえただけでも、ずいぶんすっきりしたよ」

彼女は、力なく笑っていた。

この件は、事故物件絡みの怪現象だ。心理的瑕疵《かし》の取り除きを生業《なりわい》とする天木の専門分野だろう。彼自身も、おそらく喜んで調査に乗り出すはずだ。

自ら事故物件の調査依頼を持ち込むのは抵抗があるが、それで七瀬が救われるというのなら助けになりたい。

「……私、力になれるかも」

織家が控えめに言葉を零《こぼ》すと、七瀬は「ホント⁉」と嬉《うれ》しさのあまりテーブルの向こうから身を乗り出してきた。

「ありがとう織家！　持つべきものは友達だね！」

友達というその言葉に、学友のいなかった織家は高揚感を覚えてしまう。我ながらちょろいなと卑下しつつ、これで後には引けなくなったと腹を括《くく》った。

「安心して。私の知り合いに、事故物件の霊をどうにかできる人がいるから」

七瀬を安心させるように、織家は力強くそう伝えた。だが、織家の予想に反して七瀬はぽかんとした表情を浮かべている。

「どうにかするって……お祓《はら》い的なこと？」

「まあ、近からず遠からずかな」

「違うよ織家。寧《むし》ろ祓うとか絶対駄目」

それは――どういうことだろうか。話が読めない。

「へ？　私に相談したいことって、バイト先の霊を出なくする方法とかじゃないの？」

「違う違う。私が相談したかったのは、その……恋愛成就について」

七瀬は、何とも可愛らしく照れている。話の展開についていけない織家のことなどお構いなしに、七瀬はきっぱりと宣言した。

「つまりね、私はその霊に恋しちゃったの」

ここで織家は、七瀬の語る怖い話に全く緊張感がなかったわけを理解した。彼女にとって、バイト先に出る霊の話は怪談ではない。意中の彼との運命的な出会いの話だったのだ。

「力になってくれるんだよね、織家？」

とんでもない案件の協力を買って出てしまったことを理解し、織家は自身の顔色が悪くなっていくのを実感する。

テーブルに置かれた食べかけのカツカレーは、もうすっかり冷めてしまっていた。

◆

「どうしよう……」

無理難題への協力を約束してしまった織家は、重い足取りで事務所への帰路を歩いていた。片手に持つスマホには、連絡先を交換した七瀬から早速『よろしくね』というメッセージが入っていた。

「ただいま帰りました」

織家が玄関引き戸を開けると、そこにはちょうど給湯室から出てきたらしき天木の姿があった。来客の予定がないからなのかラフなTシャツ姿で、片手に持つアイスコーヒーの入ったグラスから、溶けた氷がからんと清涼感のある高い音を鳴らす。

「お帰り、織家くん。ずいぶんと酷《ひど》い顔をしているな」

女性にかける言葉としてはいかがなものかと思ったが、そう言われても仕方のない表情をしていることは、織家も自覚していた。

「天木さんこそ、人のこと言えませんよ」

天木の目の下には、くっきりと隈《くま》ができていた。両親譲りの整った顔立ちも、これでは台無しだ。

隈の原因はわかっていた。ずばり、夜更かしによる寝不足である。

　夏休みが始まる前のある日。織家は天木に『住宅完成見学会の日、玄関のクローゼットの奥で血走った目を目撃した』という情報を伝えていた。それは天木に言わせれば久方ぶりの白い家に関する新情報だったらしく、その日以来、天木は二階のオカルト部屋に夜な夜な引き籠《こも》っては調べものに勤《いそ》しんでいる。

　織家は給湯室にある冷蔵庫から麦茶を取り出し、たっぷりコップ二杯分を飲み干してから仕事スペースへ向かった。オフィスチェアに深く腰掛けている天木は、上を向き目頭の辺りを押さえている。

「白い家について、何か進展はありましたか？」

「さっぱりだ。君のおかげで家の完成当初から何らかの霊がいたことは判明したが、正直言って余計に原因がわからなくなっている」

「白い家が建つ前に、あの土地で何か良くないことがあったとかではないんですか？」

「それはない。真っ先に思いついた可能性で、僕も散々調べたが目ぼしい情報は何も出てこなかった」

　デスク上のアイスコーヒーに口をつけると、天木は深い溜息《ためいき》を落とした。

　材料が揃わなければ、推測のしようもない。白い家の中に入れば何かしら発見があるかもしれないが、あの家は迂闊《うかつ》に人が立ち入っていい状態ではない。

　他に何かいい方法がないだろうか。腕組みして思案する織家の頭の中に、妙案が降りてきた。

「天木さん。私、霊感テストやってみましょうか？」

ここでいう霊感テストとは、目を閉じて横になり、頭の中で想像した家の中を見て回るというもの。その家の中で人に会うと、その家には霊がいるということになるそうだ。

「君がご実家で行ったあれか？」

「はい。実はあの後、私無意識で白い家の中を見て回る霊感テストをしちゃったんですよ。それで完成見学会の時にクローゼットで何かを見たことを思い出せたんです」

語り終えると、天木は目を大きく見開いていた。確かに妙案だと褒められるだろうかと口元が緩んだ途端――。

「何をやっているんだ、君は！」

天木から、まさかの怒号が飛んできた。怒られるとは夢にも思っていなかった織家の肩が、びくりと跳ねる。その様子を見て、天木はすぐに「ああ、すまない」と謝罪した。

「元を言えば、ご実家で霊感テストをやらせた僕に責任がある。申し訳ない」

「ええと……私、何かまずかったですか？」

「あの霊感テストは、考え方によっては飛ばした生き霊に家の中を歩かせているようなものだ。とりわけ織家くんの場合、家系的に生き霊が飛びやすいと考えた方がいいだろう」

織家の父は自身の生き霊を寝室に閉じ込めており、母は生き霊を娘である織家の元まで定期的に飛ばしていた。そのことを踏まえれば、織家もそういった体質を引き継いでいると考えた方が自然である。

「霊感テストを行うことで君の生き霊が白い家に入り、中にいる怪異に捕まりでもしたら……君の体がどうなるか、僕にもわからない」

熱いくらいだった体温が、急激に下がるのを感じた。自分の生き霊が、あの家に巣くう天木ですら解決方法の欠片《かけら》も摑《つか》めない怪異に捕まる。想像するだけで、身震いが止まらなくなった。

もう霊感テストはやらないと悟ったのだろう。その様子を見て、天木は優しい口調で織家に声をかける。

「無茶はしなくていい。だが、何か思い出したことがあればすぐに教えてくれ。どんな些細《ささい》なことでも構わないから」

「……はい。わかりました」

頷《うなず》く織家を前に、天木は柔らかく微笑んでくれた。

◆

夕方六時頃。事務所のパソコンを借りてレポートと格闘していると、事務所に来客があった。

「おっ邪魔しまーす！」

元気に入ってきたのは、空橋だ。水色のボーダーシャツに七分丈のパンツという出《い》で立ちは、ただでさえ童顔の彼をより若々しく見せている。

「こんにちは空橋さん。ヒゲ丸は？」

「今日はお留守番。夕方でも暑いからねー」

空橋の愛猫・ヒゲ丸がいないことを少し残念に思いつつも、織家は空橋を招き入れた。デスクで仕事をしていた天木が、手を止めて振り返る。

「こんな時間に珍しいな、空橋。事故物件調査の依頼でも持ってきたのか？」

事故物件調査という言葉を聞き、織家は反射的に嫌な顔をしてしまう。だが、天木に協力すると決めたのは自分なのだ。こんなことではいけないと、自身の顔をむにむにと揉《も》み解《ほぐ》した。

「生憎《あいにく》、今日はきちんとした不動産屋の仕事で来たんだよ。ほら、織家ちゃん」

空橋が鞄《かばん》から取り出した紙の束を、織家は首を傾げながら受け取る。目を通すと、それはありとあらゆる賃貸物件の資料だった。

「織家ちゃん、お父さんと和解して色々援助してもらえるようになったから、もうここに住む必要なくなったじゃん？　コーポ松風《まつかぜ》の時は俺も酷《ひど》いことしちゃったから、物件選びを手伝おうと思ってさ」

思い返せば、織家が天木建築設計で住み込みのバイトを始めたのは、新たなアパートに入居するための費用を稼ぐためだった。空橋の言う通り、金銭面に余裕のできた織家が事務所に住み続ける理由はもうない。

最初は嫌々だったが、住めば都とはよく言ったもので、今や織家はここでの生活がすっかり気に入ってしまっていた。応接スペースには大きなテレビもあるし、給湯室は広々としている。お風呂《ふろ》も比較的新しく綺麗《きれい》で、二階の自室の隅に固めてあるオカルトグッズも慣れてしまえばどうということはない。

「どれ、僕も手伝おう」

天木は織家の手から資料を半分ほど取ると、応接スペースの赤い三人掛けのソファーに腰掛けた。その隣に空橋が座り、織家は対面の一人掛けソファーに腰を下ろす。

どうしよう。家賃が無料で住み心地もいいから出ていきたくない……とは、口が裂けても言えない。頭をフル回転させて言い訳を考えていると、織家の目に一枚の資料が飛び込んできた。

「あっ……これって」

そこには『塩畑ビル』と書かれていた。載っている外観写真は五階建てで、間口が狭く奥行きが長い造り。ビルの正面は、上から下まで一面ガラス張りになっていた。

織家の脳裏に、七瀬の笑顔が蘇《よみがえ》る。そうなのだ。帰宅直後に白い家の話題になり忘れていたが、織家はとんでもない相談を引き受けてしまっていたのだ。

「あー、ごめん織家ちゃん。別の資料が混ざってたみたい。そこはテナントビルだから、人は住めないよ」

「空橋さん、このビル知ってるんですか？」

「ああ。オーナーさんからテナント募集業務の委託を受けていてね。立地は悪くないんだけど、事故物件だから借りたがる人がなかなかいないみたいで」

「事故物件？」

天木が即座に食いつくが、空橋は制するように彼へ手のひらを突き出した。

「ここは調査対象じゃないぞ。依頼がなければ調査はできないし、俺だって誰彼構わず事故物件調査を勧めるわけにはいかないんだ」

あくまでも、そういった相談を受けた時だけ天木に話を持ってくるというのが、空橋のスタンスであるようだ。事故物件とわかるや否や調査を勧めていては、空橋の本来の仕事に影響が出てしまうだろう。

突っ撥《ぱ》ねられた天木は「わかっている」とバツが悪そうに足を組んだ。

「あの……すみません。実は、お二人に聞いてほしいことがあるんです」

ここぞとばかりに、織家は七瀬の相談について話した。このビルの五階にある喫茶店『金魚草』で、飛び降り自殺した男の霊が出ること。そして、その霊に七瀬が惚《ほ》れてしまっていること。

織家が語り終えると、天木は顎《あご》の辺りに手を添えながら興味深そうに呟《つぶや》いた。

「まるで、牡丹灯籠《ぼたんどうろう》のようだな」

「何だそれ？」

空橋が問う。織家も聞いたことのない言葉だったので、耳をそばだてた。

「四谷《よつや》怪談や皿屋敷《さらやしき》と並び、日本三大怪談とも呼ばれるほど有名な怪異譚《たん》だ。主人公の新三郎《しんざぶろう》は、お露《つゆ》という女性と恋仲になる。だが、会えない日が続いた結果、恋焦がれるあまりにお露は亡くなってしまった」

天木の語り口調は、次第に怪談の雰囲気を醸し出していく。

「その後、新三郎はお露の霊と逢瀬《おうせ》を重ねるようになる。しかし、このままでは取り殺されると和尚《おしょう》から言われた彼は、魔除けの札を貼りお露を遠ざけるようになった」

「……新三郎は助かったんですか？」

「いいや。知人の裏切りで札を剝《は》がされ、お露に殺されてしまう……というのが、一般的な流れだな」

天木の話の途中から、織家は胸騒ぎを抑えることができなくなっていた。

「それじゃあ、七瀬もこのままじゃまずいってことですか？」

「それは何とも言えないな。物件を調査できれば何かわかるかもしれないが、空橋が駄目と言っているし」

「おいおい、俺が悪者かよ」

困り顔の空橋は、織家の方をちらりと見る。余程不安な顔をしていたのか、空橋は頭を搔《か》き毟《むし》ると一つの妥協案を提示した。

「なら、ちょうど夕飯時だから金魚草へご飯を食べに行こう。あくまで客としてお邪魔して、話が聞けそうだったら訊いてみる。織家ちゃんも、それでいい？」

その提案に、織家は笑顔で頷いた。

◆

夏真っ盛りの午後六時半は、まだ日が出ており外も明るい。沈む夕日は、ビル群に邪魔されて拝むことが叶《かな》わなかった。こういう些細なところに、織家は都会っぽさを感じる。

塩畑ビルは、事務所から徒歩十分以内のところに立っていた。五階建ての長方形で、ガラス張りになっている道路側の一面が夕焼けのオレンジ色に染まっている。

ここの屋上から、人が飛び降りたのだ。そう考えると、背筋に寒いものを感じた。

「どうだ、織家くん。何か見えたり感じたりするか？」

天木に問われ、織家は少し間を置いてから首を横に振る。

「いいえ。今のところ特には」

「んじゃ、とりあえず入ってみるか」

提案して歩き出した空橋は、すぐに足を止める。その理由は、ビルの入り口付近に若い男性が立っていたからだ。派手な赤いシャツに加えて、髪までお揃いの赤色に染めている。彼は先端にスマホを装着した自撮り棒を持っており、どうやら動画を撮影しているようだった。

「あんなところで、邪魔だなぁ」と、空橋がぼやく。

「後ろをさっと通らせてもらいましょう」

織家が近づくと、赤い髪の男はようやくこちらに気づいたようだった。

「あ、ごめんごめん。邪魔してたね」

彼は自撮り棒を下ろすと、いそいそと道を空けてくれた。織家が会釈をしながら塩畑ビルに入ろうとした、その時。

「ねぇ君、知ってる？　ここって事故物件らしいんだけど」

赤い髪の彼が、そう話しかけてきた。返答に困っていると、後ろからやって来た天木が間に割って入る。

「悪いが、ナンパなら余所《よそ》でやってもらおうか」

「やだなぁナンパなんて。俺は別に――」

赤い髪の男の飄々《ひょうひょう》とした口調が、天木の顔を見るなりぴたりと止まる。不思議に思っていると、彼は自撮り棒を畳み「失礼しました！」とそそくさ逃げて行ってしまった。

「何だったんでしょうか、あの人？」

「さあな。だが、どこかで見たことがあるような……」

天木はしばらく考え込んでいたが、思い出すには至らなかったようだった。

三人で揃って塩畑ビルに足を踏み入れると、まず目に飛び込んできたのは最上階まで続いている大きな吹き抜けだった。下から見上げると、各階のフロアと吹き抜けを仕切る縦格子の手摺《てすり》が見える。

織家と同じように吹き抜けを見上げていた空橋が、ぽつりと疑問を吐露した。

「前に来た時は気づかなかったけど、四階だけ手摺がないね」

確かに、四階だけは他のフロアと異なり、吹き抜けとフロアの間にあるべき落下防止の手摺格子がついていなかった。もし自分があの場所に立ったらと考えただけで、織家は心臓がドキドキしてくる。

「飛び降り自殺というのは、もしや四階から落ちたのか？」

誰にともなく天木が口にした疑問に、空橋が答える。

「いんや。俺は屋上からって聞いてるけど。織家ちゃんは？」

「私も屋上からと聞いています。なので、四階の手摺がないことと自殺とは関係ないと思うんですけど……」

空橋と織家の発言を飲み込むと、天木は「そうか」とだけ答えた。

次に目に飛び込んできたのは、このビルのフロアマップだ。五階に『金魚草』と書かれている以外は、元々貼ってあったのだろう店名の書かれたシールを剝がしたような跡だけが寂しく残されている。

「なるほど……これは芳しくない状態だな」

「いい立地なのに、もったいない話だよなー」

織家も、空橋の言う通りだと感じた。せっかくの立派なビルが空室だらけなんて、オーナーとしてはかなりの痛手のはずだ。

エレベーターに乗り込み、五階に到着する。降りて右手の方向に、目的の喫茶店『金魚草』はあった。扉を開けて中に入ると、白と茶色、そして朱色をテーマカラーに添えた昭和レトロなイメージの店内が広がっている。

内壁は部分的にレンガ調のタイルが貼られており、モノクロの金魚が泳いでいるようなデザインの壁紙が採用されている。各テーブルに下がるペンダントライトは金魚鉢を模したもので、店内の至る所に見られる観葉植物は水槽の中の水草を髣髴《ほうふつ》とさせた。

「いらっしゃいませー。三名様ですか？」

インテリアに見惚《みと》れている織家に声をかけたのは、バイト中の七瀬だった。白いカッターシャツと黒のスラックスに、コーヒー豆のような色をしたエプロンを合わせている。可愛いというよりはかっこいい制服で、スタイルのいい七瀬によく似合っていた。彼女は、織家に気づくと大袈裟《おおげさ》なほどに驚いた。

「うっそー！　織家じゃん！　来てくれたの？」

「うん。たまたま近くにいたから」

「ありがとね！　ええと、そちらの二人は？」

「私のバイト先の上司と、そのお友達」

織家が無難に紹介すると、天木は軽く会釈をして、空橋は「よろしくー」と片手をひらひら振った。七瀬も簡単に自己紹介をして、接客業のお手本のようなお辞儀をする。

七瀬は織家を肘《ひじ》で軽く小突きながら「織家も隅に置けないね」と耳元で茶化してきた。むず痒《がゆ》い顔をしているだろうこちらの返しを待つことなく、彼女はテーブル席へと案内を始める。

クッションの部分が革張りになっているアンティーク調の椅子に座り、店名が彫り込んである朱色の装丁のメニューブックを開く。七瀬曰《いわ》くオムライスがお勧めということなので、それを三つ注文した。

オーダーを書き記すと、七瀬は「少々お待ちください」と厨房《ちゅうぼう》の方へ去っていった。

「元気そうで、いい友達だね」

空橋が、七瀬の背中を見ながら率直な感想を口にする。

「はい。友達って言っても、今日出会ったばかりなんですが」

「友達に年数とか関係ないって。気が合えばその瞬間友達だ。なぁ天木？」

「さあ、どうだかな」

天木に突き放されている空橋を見て笑みを零《こぼ》しつつ、織家は改めて店内を見渡す。客は織家たちを含めても十人程度だ。七瀬が『オーナーが趣味でやっているようなもの』と言っていたので、事故物件の悪評は関係なく元よりこんなものなのかもしれない。外は落下防止の手摺格子を挟んだ吹き抜けの向こう側は、一面ガラスで覆われている。外は暗くなり始めており、ガラスが鏡のように反射して客席全体を映し出していた。

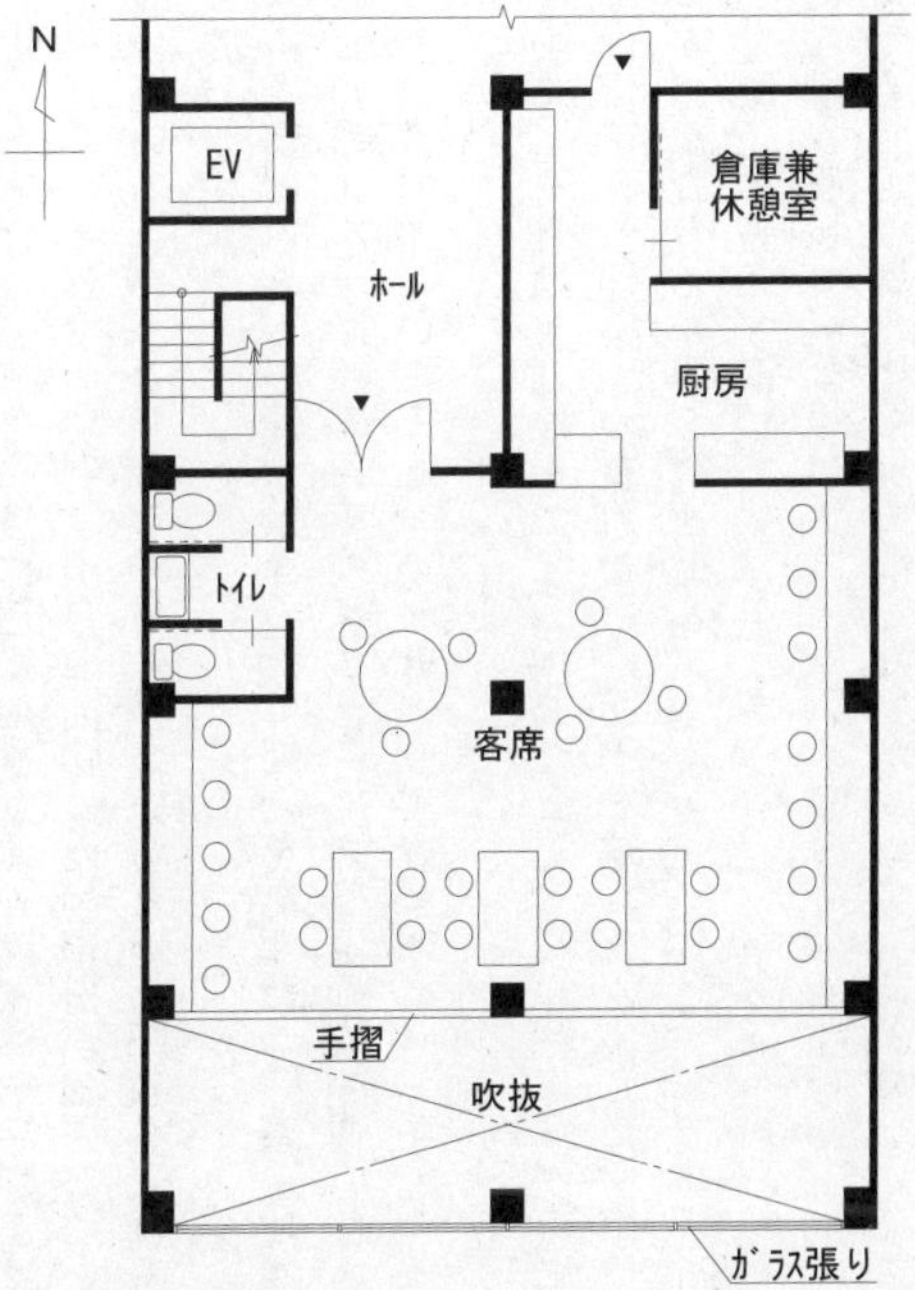

塩畑ビル５Ｆ　金魚草

程なくして、エプロン姿の男性がオムライスを織家たちのテーブルに運んできた。

「お待たせいたしました」

初老と思《おぼ》しき男性は、三つ一度に運んできたオムライスを手際よく置いていく。体形はスマートだが、それでいて剝《む》き出しの前腕の筋肉は引き締まっていた。皺《しわ》の刻まれた顔も、老けているというよりは年季が入っているという印象を受ける。

「こんばんは、塩畑さん」

空橋が声をかけると、男性は驚きの後に笑顔を見せた。織家も薄々わかってはいたが、彼がこのビルのオーナー兼喫茶店のマスターである塩畑で間違いないようだ。

「ああ、空橋さん！　いらっしゃいませ。うちのビルに入ってくれそうな方は見つかりましたか？」

「すみません。それはまだなんです。代わりと言っては何ですが、こういった物件の相談事を受けてくれる建築士の友人とその助手を連れてきました。事情を話していただければ、何か力になれるかもしれません」

「はぁ、建築士の方ですか」

塩畑の視線を受けて、織家は天木と共にぺこりと頭を下げる。向こうもにこやかに会釈を返してくれた。まだ出会って間もないが、とても印象のいいマスターだ。

「まあ、まずは召し上がってください。お話は、他のお客様が帰られた後でもよろしければぜひお願いします」

厨房へ戻る塩畑を見送った後、いただきますと手を合わせてから、織家はスプーンで掬《すく》ったオムライスを口へ運んだ。

「……美味《おい》しい！」

半熟とろとろの卵に、チキンがごろごろ入ったケチャップライスが絶妙にマッチしている。付け合わせのブロッコリーとトマトの彩りも鮮やかで、目で見ても楽しい。食べる前に写真を撮るべきだったと、織家は今更後悔した。

夢中で食べていると、店内を行き来している七瀬と目が合った。彼女は、自身の口端をちょんちょんと指さして笑っている。織家がはっとして自身の口の端に触れると、そこにはたっぷりとケチャップがついていた。

◆

オムライスを完食して、食後のコーヒーを飲みながら天木たちと談笑しているうちに、壁掛け時計の示す時刻は夜の八時を過ぎていた。

店内の客は、いつしか織家たちを除けば誰もいなくなっている。

「いやぁ、すっかりお待たせしてしまいましたね」

申し訳なさそうな顔で厨房から現れた塩畑が、エプロンを外しながら歩み寄ってきた。その傍らには、塩畑と同い年くらいの女性の姿もあった。白髪交じりのミディアムグレイへアを七三のバランスで分けており、とても穏やかな表情をしている。

空橋が立ち上がった。

「天木。織家ちゃん。改めて紹介するよ。このビルのオーナーで金魚草のマスターの塩畑耕作《こうさく》さんと、奥さんの芳美《よしみ》さん」

紹介されると、夫妻は揃って頭を下げた。立ち上がった天木はポケットからさっと名刺を取り出し「初めまして。天木建築設計の天木悟と申します」と両手で差し出した。織家も僅《わず》かに遅れて立ち上がり「助手の織家です」と自己紹介する。

名刺を受け取った耕作は、芳美と共に天木と織家の対面の椅子に腰を下ろす。四人掛けのテーブルだったので、足りなくなった席の一つは、空橋が空いている隣のテーブルから拝借してきた。

七瀬はというと、フロアの掃除に勤《いそ》しんでいる。だが、話の内容が気になるのだろう。聞き耳を立てていることは、何となくわかった。

「七瀬さん。悪いが、厨房の方の掃除に回ってくれるかい？」

耕作もまた七瀬の様子に気づいたのか、そんな指示を出す。わざわざ声の届かないところへ追いやるということは、これからする話を七瀬には聞かれたくないのだろう。

七瀬はやや不服そうな顔を見せていたが、雇い主に逆らえるはずもなく「わかりました」と厨房の奥に消えていった。

さて、と耕作が織家たちの方に向き直る。

「こういった物件の相談を受けていると空橋さんからお伺いしましたが、つまりは事故物件の相談という意味で間違いないでしょうか？」

問う耕作に、天木は表の顔の営業スマイルで「はい」と答える。

「無論、私は単なる建築士です。あくまで建築の観点から怪現象の正体を考えてみるということですので、悪しからず。何せ、オカルトは専門外なものでして」

この手の嘘も、天木には手慣れたものだ。

天木は売れっ子のスター建築士という表の顔を守るために、事故物件調査依頼を受ける時は『あくまで友人の空橋に頼まれて、建築士としての見解を示すために来た』という設定を忠実に守っている。もっとも、その設定も調査に夢中になり過ぎて忘れてしまうことはしばしばだが。

夫妻は顔を見合わせると、眉《まゆ》の垂れた困り顔を揃って天木へ向けた。

「このビルが事故物件であることも、怪現象が起こることも事実です。五年前に飛び降りがあって以降、その時刻である夜九時過ぎに、肉体がアスファルトに直撃するようなドンという鈍い音が毎晩聞こえてくるのです」

耕作の話す内容は、七瀬から聞いたものと同じだった。唯一の救いは、落下音が聞こえる時刻が閉店後の午後九時過ぎであることだろう。開店中に怪現象が起きていたのなら、金魚草に来る客は今よりずっと少なくなっていたはずだ。

「あのバイトの子は、閉店作業があるから夜九時以降も残りますよね？　怖くなって辞めたりしないのですか？」

「それが、なかなか肝の座った子でして。面接の時点でここが事故物件であることも、怪現象が起きることも伝えたのですが、それでも構わないと言ってくれて……本当に、ありがたい限りです」

耕作は心底感謝している様子だった。辞めない理由の一端は飛び降りの霊に対する恋愛感情だということを織家は知っていたが、その事実を塩畑夫妻が知っているかどうかは定かでないため、口には出さなかった。

「落下の音は、建築的な欠陥などでは決してありません。わざわざ来ていただいたのに恐縮ですが、天木さんにしていただけることは特にないかと思います」

芳美の言う通り、起こっている現象が確実に人ならざる者の仕業だと確信している場合、建築士である天木は場違いと思われても仕方がない。だが、ここで黙って引き下がる天木ではなかった。

「お祓《はら》いなどは行《おこな》ったんですか？　よく地鎮祭をお願いしている神主さんでしたら紹介することもできますが」

天木の提案に、夫妻は再び互いの顔を見合わせた。そして、耕作がやや間を置いてから口を開く。

「……率直に申しますと、我々は怪現象の霊を祓いたいとは思っていないのです」

その考えに、織家は首を捻《ひね》った。事故物件に苦しむ人たちをこれまでに何人か見てきたが、皆一様に頭を悩ませていた。塩畑夫妻も、自殺者のせいでテナントの撤退など多大なる迷惑を被《こうむ》っているはずである。

にも拘《かか》わらず心理的瑕疵《かし》を取り除こうと思わない理由は、芳美の口から消え入りそうな声で告げられた。

「五年前、屋上から飛び降りたのは……私たちの息子なんです」

予想外の事実に、織家は思わず口元を両手で覆った。

よく考えてみれば、無関係の人間が簡単にビルの屋上に上がることができるわけがない。耕作は、懺悔《ざんげ》でもするかのように語り始めた。

「息子は……悠樹《ゆうき》は、サッカー部に所属する活発な男の子でした。それが高校三年生になると、受験のプレッシャーに呑《の》まれてしまい、最終的には自ら命を……。私たちが悪いのです。悠樹の気持ちも考えず、学力に見合わない大学を受けるよう強制してしまった。我が子の将来の幸福のためにと思ってのことだったのですが……今にして思えば、何と愚かなことをしたのでしょう。悔やんでも、悔やみきれません」

俯《うつむ》き震える声で語る夫の隣で、芳美は目元をハンカチで拭《ぬぐ》っていた。

ここまで話を聞けば、お祓いを拒む理由はもう訊《き》くまでもない。実の息子の霊が、この世から強制的に消されてしまう。親として、そんなことを望むはずもない。

夫妻が事故物件であることを七瀬や織家たちに隠さないのも、懺悔の気持ちが一端を担っているのかもしれない。

物件の所有者が心理的瑕疵の取り除きを拒む以上、話はここまでだ。「最後に一つ」と、天木は神妙な面持ちで問う。

「お二人は、悠樹さんの霊を目撃したことがありますか？」

「我々はないのですが、バイトの七瀬さんは見たことがあるようです。何でも、停電時に窓の外に立っていたとか。私と妻も停電直後に手摺《てすり》際に立ったことがあるのですが……悠樹は、姿を見せてはくれませんでした」

今でこそ落ち着いている七瀬だが、最初に見た時は悲鳴を上げたに違いない。塩畑夫妻が確認するのも当然のことだ。

「たとえ幽霊でも会えるのなら会いたいですが……あの子は、私たちを嫌っているのでしょうね」

涙声でそう言って、芳美は軽く鼻を啜《すす》った。

「わかりました。辛《つら》いお話をさせてしまい、申し訳ございませんでした」

天木は謝罪すると、立ち上がりレジにて会計を済ませた。織家は七瀬に帰ることを伝えたかったが、どうにもそういう雰囲気ではないので諦《あきら》める。夫妻に見送られながら、三人でエレベーターに乗り込んだ。

しばらく無言が続いたが、織家の方から静寂を破った。

「……七瀬は知っているんでしょうか？　自分の恋する幽霊が、塩畑夫妻の息子さんだって」

その疑問に、天木は短く「さあな」とだけ答えた。そのタイミングでエレベーターが一階につき、扉が開いた。

夫妻の辛い過去を聞いたせいもあり、織家はすっかり気分が沈んでしまっている。それが顔に出ていたのか、天木が声をかけてきた。

「しっかりしろ、織家くん。本番はこれからだ」

天木が突き出した自身の腕時計は、八時半辺りを指していた。落下音が聞こえるのは、午後九時過ぎだと聞いている。

確かに、本番はここからのようだった。

◆

塩畑ビルの手前を通る歩道のガードレール際に立ち、織家たち三人は屋上を見上げていた。日中に比べれば、夜は幾分涼しい。スマホでこまめに確認しているせいもあってか、時間の進みは異様に遅く感じた。

「そろそろ、霊が落ちてくる時間だな。毎日落下する音が聞こえるってことは、息子さんは毎晩自殺を繰り返してるってことか？」

「実際、同じ行動を繰り返す霊の目撃談は数多く報告されている」

空橋の考えを、天木が肯定した。ここで、織家は妙なことに気づく。

「ちょっと待ってください……自殺を繰り返してるなら、悠樹さんの霊はぐちゃぐちゃの酷《ひど》い姿で現れるってことですよね？」

「どうだろうな。だが、仮にそうなら七瀬くんが惚《ほ》れるとは思えないな」

天木の言う通りだ。肉体を高所からアスファルトに打ちつけたズタボロの霊がガラス越しに現れたとしても、恋心など芽生えるはずがない。そうなると、悠樹の霊は落下前の綺麗《きれい》な状態で出現していることになる。

コーポ松風に出た霊は、外階段を転げ落ちた直後の酷い状態で現れていた。その印象が強いせいか、霊とは亡くなった当時の肉体の状態で現れる印象がある。

そもそも、魂だけとなった霊体が決まった形しか象《かたど》れないという考え自体が間違っているのだろうか。こればかりは、長年霊という存在を見てきた織家でもわからない。

疑問が脳内で渦巻いている間に——その時は来た。

ビルの屋上から、黒い影のようなものが落下するのが一瞬見えたような気がした。次の瞬間には、ドンという交通事故でも起きたかのような激しい衝突音が織家の鼓膜を震わせる。それが肉体の潰《つぶ》れる音であると自覚するなり、今更とは思いつつも両耳を塞《ふさ》がずにはいられなかった。

「織家くん、大丈夫か？」

耳を塞いだ手の隙間を縫って、天木の心配の声が届く。おそるおそる耳から手を離し、織家は青白くなっているだろう顔を天木と空橋に向けた。

「……き、聞こえました。お二人には聞こえなかったんですか？」

霊感ゼロの天木は聞こえなくて当然として、空橋も首を横に振っていた。

「その音に関しては塩畑夫妻と七瀬くんにも聞こえているという話だったが、この三人に霊感があるからなのだろうか。それとも『塩畑ビルの中』もしくは『金魚草の中』にいるというのが、霊感の強い織家くんのような人以外でも音を聞くことができる条件なのだろうか」

先ほどの音の衝撃のせいで、一人冷静に考察している天木の言葉は右から左へと抜けていく。織家が怯《おび》えながらも目を向けた黒い影の落下地点には、何の痕跡《こんせき》も残されていなかった。

「二人共！　上！」

空橋の焦ったような言葉に、織家と天木は揃ってビルを見上げた。すると、先ほどまでついていた五階の明かりが消えている。単純に閉店作業を終えたから消灯したと考えられなくもないが、七瀬は窓の外に悠樹の霊が立つ際、ブレーカーが落ちて真っ暗になると言っていた。

視線を下ろすと、一階エントランスの照明はついている。少なくとも、ビル全体の電源が一斉に落ちたというわけではなさそうだ。

そして、視線を上に戻した織家は見てしまう。

「――ひっ」

一体、いつからそこに佇《たたず》んでいたのだろうか。五階の窓の外には、右足と左腕があらぬ方向へと捻《ね》じ曲がっている霊が宙に浮かんでいた。地上から距離があるので正確な損傷具合はわからないが、間近で見れば、きっと目も当てられないような状態だろう。

悠樹の霊と思われるそれは、窓にへばりつくようにして金魚草の中を覗《のぞ》いている。その様子は、中にいる人に何かを訴えているように思えた。

その姿は、五階の電気が復旧するのに合わせて煙のように消えてしまう。時間にして、僅《わず》か十秒ほどの出来事だった。

「織家くん」

どうやら息をするのも忘れていたらしく、織家は天木に肩を叩《たた》かれることで呼吸を再開できた。取り込んだ酸素が脳へ行き渡り、先ほど見た光景を嫌でも繰り返し思い出させる。

「天木さん……私、見ました。飛び降りて酷い状態になった悠樹さんの霊が、五階の窓の外に浮いていたんです！　そ、それで……！」

「落ち着け、織家くん。ゆっくりでいい」

ここで、織家のスマホがメッセージの受信を知らせる。取り出して確認すると、送り主は七瀬だった。

『さっき、彼に会えた！　やっぱり素敵！』

そのメッセージ内容に、織家は混乱せずにはいられなかった。

悠樹は確かに窓の外に現れていたが、目を背けたくなるような状態だった。あの姿となっては、元がいくらいい男だったとしても恋愛感情など生まれるはずがない。

一体、七瀬には何が見えているのだろうか。

◆

次の日の午前十時。織家は横浜駅近くのコーヒーチェーン店にいた。

テーブル席にモカブレンドのカップを置く織家に続き、七瀬が呪文《じゅもん》のように唱えた注文で出されたクリームやソースが盛りに盛られたフラペチーノを片手にやってくる。

座るなりストローでそれを一口飲むと、七瀬は「やっぱこれだよねー」と顔を綻《ほころ》ばせた。

「私の分、奢《おご》ってもらってよかったの？」

織家は、テーブルの上のモカブレンドを見ながら申し訳ない気持ちで問う。

「いいのいいの！　積極的に動いてくれたお礼だよ。昨日出会ったばかりの相手からの無茶なお願いなのに、義理堅い女だねぇ」

昨晩のバイト先への訪問を、七瀬は『自分の恋愛成就のために必死に動いてくれている』と受け取っているようだった。織家は七瀬が霊と結ばれることで、牡丹灯籠のような結末になるのではないかと危惧《きぐ》して動いているので、奢られる理由が正しいのかは何とも言えない。

　というか、無茶なお願いだという自覚はあったようだ。

　本日七瀬をここへ誘ったのは、織家である。理由はもちろん、昨日織家が見たものも踏まえて七瀬から話を聞くためだ。喉《のど》を潤してから、早速本題に入る。

「七瀬は、昨日飛び降り自殺の霊に出会えたんだよね？　その時のこと、詳しく教えてくれる？」

「何か織家、探偵みたいだね」

　七瀬は何気なく言ったのだろうが、織家の内心は複雑だった。自分も事故物件調査が板についてきてしまったのかもしれない。織家の気持ちなど知る由もなく、七瀬は昨晩のことを語り始めた。

「織家たちが帰った後、結局もうお客さんは一人も来なくて、九時の少し前からマスターと二人で閉店作業に入ったの」

「耕作さんと二人で？　芳美さんは？」

「ああ、奥さんはいつも先に店を出るの。一足先に帰って、晩御飯の準備や洗濯物を取り込んだりするんだって」

　その辺りは、夫妻が二人で決めたルールなのだろう。夫は店を綺麗にして明日に備え、妻はその間に自宅の家事に着手する。実に合理的だ。

　織家たちはビルの外で霊が出るのを待っていたが、芳美らしき人が出てくる姿は目撃しなかった。従業員用の裏口から出たのだろうか。

七瀬は、語りを再開する。

「でね、私が手摺《てすり》際の座席の椅子をひっくり返してテーブルの上に載せてた時、外からドンッて大きな音が鳴ったの。これが例の飛び降りの音。その後、急にブレーカーが落ちて真っ暗になったわけ。まあ、私にはいつものことだから、あんまり驚かなくなったけどね」

その内容は、織家が外から見ていたものと一致している。そして、問題はここからだ。

「ガラスってさ、外が暗くて中が明るいと、室内が鏡みたいに反射して映るじゃん？でも、室内も同じように暗くなったら、元通り外が透過して見えるんだよね。でね、見下ろすと半透明の彼が窓の外に浮いてるわけ。……でも、昨日はいつもとちょっと違ってた」

「何が違ってたの？」

「彼の表情が、何となく元気がないように見えたの。まあ、亡くなっている人に元気も何もないかもしれないけど。その後、電気が復旧して彼は消えてしまった」

織家は、より多くの情報を引き出そうと質問を続ける。

「……その霊の見た目、もう少し詳しく教えてくれる？」

「ええとね、足が長くて高身長で、髪は短めの黒。目は少し切れ長で、何よりかっこいいの！」

あの夜に七瀬から受信したメッセージでわかってはいたことだが、やはり織家が見た悠樹の姿と、七瀬の見た悠樹の姿とでは齟齬《そご》がある。

いっそのこと自分が見た姿を伝えようかとも考えたが、それは憚《はばか》られた。自分の好きな人がズタボロになった様子を話すなど、嫌がられるに決まっている。

それに、織家は自分が強い霊感持ちであることを、七瀬にはまだ教えたくなかった。霊が見えて、霊を好きになっている七瀬なら、織家を気味悪がったりはしないだろう。だが、この霊感のせいで嫌われてしまった過去は、織家の中でトラウマとして深く根付いてしまっている。

せっかく学内で自分のことを友達と言ってくれる人に出会えたのだ。打ち明けるタイミングは、慎重に見極めたい。

ふと、ここで織家は疑問を抱く。

「……待って。七瀬、さっき『見下ろす』って言わなかった？」

五階から同階の窓の外を見る場合、そんな表現にはならないはずだ。織家の問いに、七瀬は「だって、彼が出るのは四階の窓の外だから」と説明した。

塩畑ビルは、道路側一面がガラス張りの吹き抜けスペースになっている。落下防止の手摺格子から見下ろせば、七瀬が四階の窓の外を見ることは十分可能だろう。

情報を纏《まと》めると、七瀬が綺麗《きれい》な状態の悠樹を目撃したのは四階の窓の外で、織家が見るも無残な状態になっている悠樹を見たのは五階の窓の外。つまり、それぞれが見ていた悠樹は別物ということになる。

織家の目には、四階の外にいたという霊の姿は見えなかった。これまでの人生で、霊が見えて困ることは多々あった。しかし、霊が見えなくて困る経験はこれが初めてだった。

一つの魂が分離して、生前と死亡当時の両方の姿で現れ、各々が見せたい相手に姿を見せる。はたして、そんなことが起こり得るのだろうか。

綺麗な状態の悠樹が意図して七瀬にだけその姿を見せているというのなら、悠樹の方も彼女に気があると思えなくもない。そう考えると、天木の説いた牡丹灯籠の話はより現実味を増してきた。

「……ねぇ、織家」

混乱している織家に、七瀬が小声で話しかける。その表情は、いつの間にか暗く沈んだものへと変わっていた。

彼女は、そっと言葉を紡ぐ。

「私ね、昨日の織家たちの話に厨房《ちゅうぼう》でこっそり聞き耳立ててたの。それで、聞いちゃったんだ。……あの人は、マスターたちの息子さんだって。悠樹さんって言うんでしょ？」

塩畑夫妻が七瀬に自殺者の正体を打ち明けていたのかどうかは、織家も気にはなっていた。どうやら、七瀬は昨日までそのことを知らなかったようだ。

一切関係のない自殺者が出る職場と、亡くなった息子の霊が出る職場では、居辛《づら》さに差も生まれるだろう。七瀬にバイトを辞めてほしくないからこそ、夫妻は霊が自分たちの息子であることをまだ打ち明けていなかったのかもしれない。

「……七瀬は、霊に恋愛感情を抱いてることを塩畑さんたちに打ち明けてるの？」

「そんなわけないじゃん！　相談した相手は、織家だけだよ」

七瀬の目元は、少し潤んでいるように見えた。

「どうしよう、織家。亡くなった息子さんのことが好きなんて打ち明けたって、マスターたちを困らせるだけだよね？　悠樹さんの霊とは進展なんて全然ないし……やっぱり、幽霊と恋愛なんて無理なのかな」

弱音を吐露する七瀬を前に、織家はかける言葉を見つけることができなかった。

◆

「……なるほどな」

事務所に戻った織家から話を聞いた天木は、オフィスチェアの背もたれに身を預け、腕組みをして思案する。

「あの夜の停電の瞬間、五階の窓の外の霊と同時に、四階の窓の外には織家くんでも目視できない同一人物の霊が存在していたと……。どうにも不可解だな」

「はい。私も何だか納得できなくて。まあ、霊が起こす事象に納得も何もないのかもしれませんけど」

自分のデスクの椅子に腰掛けた織家は、深い溜息《ためいき》をフローリングの上に落とした。

「四階か……。ならば、あれは無関係ではないのかもしれない」

「あれって何ですか？」

天木の思わせぶりな言葉に、織家は項垂《うなだ》れていた頭を上げる。

「君は五階の霊に夢中で気づかなかっただろうが、五階が停電した時、四階のフロアが僅《わず》かに明るくなったのを僕と空橋が見ていたんだ。その後、五階の電気が復旧すると、四階の明かりも消えてしまった」

「四階は空きフロアですよね？　停電時につく非常灯の明かりなんじゃないですか？」

「ブレーカーは、各フロアのテナントごとに設置されるのが基本だ。現に五階が停電した際、一階の明かりは消えていなかった。そう考えると、五階のブレーカーが落ちたところで四階の非常灯がつくことはないだろう」

しかし、その明かりが霊感ゼロの天木に見えている以上、霊現象ではないことは確実である。一体、何が重要でどこに着目するべきなのか。それを見定めるためには、やはりまだ情報が足りない。

「天木さん。私、今夜も金魚草に行って九時過ぎに何が起こるのかを確認してきます」

「……大丈夫か？」

「人のいい塩畑夫妻のことです。七瀬と友達だと打ち明ければ、きっと閉店後も店内で待つことを許してくれますよ」

「そのことではない」

織家の返答を否定し、天木は織家の目を見た。

「きっとまた、怖いものを見ることになるぞ」

そう告げられて、織家は天木が心配してくれていることを理解した。その気遣いに、思わず笑みが漏れる。

「そんなの、今更じゃないですか」

その返しに、織家は自分自身で驚いていた。そんな台詞《せりふ》を言えるようになったことを成長と見るべきか。それとも、毒されていると見るべきか。

だが、今回の件に積極的な理由ならきちんとある。

「七瀬は、真剣に悠樹さんに恋しているんです。人と霊の恋なんてどんな形で着地するのかわかりませんけど、せめて私は近くで見届けてあげたいんです」

「なぜ君がそこまでする？　七瀬くんとは、昨日会ったばかりなのだろう？」

「そうですね。出会ったばかりで、どんな人なのかもまだよく知りません。でも、私を友達と呼んでくれたから助けになりたい。……って思ってたんですが、それだけじゃなかったんです」

天木は不思議そうに目を細めている。

「私はきっと、霊に関する悩みで頼られたから助けたいと思ったんです。天木さんが、事故物件の悩みを持ってくる他人を助けるのと同じように」

「……助けるというのは少し違う。僕はただ、白い家を解決するために余所の事故物件の怪異を調査しているだけだ。寧《むし》ろ、人の不幸を利用していると言ってもいい」

「それでも、助けられた人は感謝していますよ。私もその一人ですから」

天木は、コーポ松風に出る霊を追い出してくれた。実家の開かずの間に閉じ籠《こも》る父の生き霊を解放してくれた。それが嬉《うれ》しかったから、自分も同じことを誰かにしてあげたい。七瀬の件に関する行動力の根源には、きっとそんな動機が含まれている。

織家の覚悟を聞いた天木は、照れているのか頭をぽりぽりと掻《か》くと、オフィスチェアを回して背を向けてしまった。

「無茶はするなよ。僕の方でも、解決の方法を考えてみる」

「……はい。お願いします」

果たして、今夜も悠樹は現れてくれるだろうか。そして、四階の窓の外の悠樹の姿は織家にも見ることができるのだろうか。

◆

その日の午後八時三十分頃。織家は、敢《あ》えて閉店間際を狙って一人で塩畑ビルを訪れた。エレベーターで五階に上がり、金魚草に入店する。店内に、客の姿はなかった。

「いらっしゃいませ……って、織家！　今日も来てくれたんだ」

　バイト中の七瀬は、すぐに織家に気づき笑顔を咲かせた。

「ねぇ、七瀬。できれば私も九時過ぎまで一緒にここに残って、悠樹さんの姿を見てみたいんだけど……一緒に塩畑さんにお願いしてくれる？」

　織家が本気で問題を解決しようとしていることは、この言葉だけで十分伝わったのだろう。七瀬は、少し泣きそうな顔で頷《うなず》いてくれた。

　耕作に自分と七瀬が友達であることを打ち明け、彼女のバイトが終わるまで店内で待たせてほしいと頼むと、彼は快く許可してくれた。

「でも、大丈夫かい？　昨日も話したが、ここにいたらおそらく飛び降りの音を聞いてしまうことになると思うけど」

「大丈夫です」

　不安げな耕作に、織家はきっぱりとそう告げた。普段の自分であれば嫌がる場面だろうが、今は七瀬を助けるという使命感が恐怖心を上回っている。

　織家は、ガラスに最も近い手摺《てすり》際の席のうちの一つに腰掛けた。お冷で閉店まで粘るのも失礼な気がしたので、カフェラテを一つ注文する。程なくして、七瀬が注文の品をお盆に載せてやって来た。歩き方も様になっている。

「お待たせしました。カフェラテです」

「ありがとう。……今日は、悠樹さん出てきてくれるかな？」

「きっと出てきてくれるよ。そしたら織家のこと、友達だって紹介するね」

にこりと微笑み、七瀬は立ち去っていく。織家はむず痒《がゆ》い気持ちを静めるように、カフェラテに口を付けた。


閉店時刻の九時を迎えると、店内は異様な緊張感に包まれた。

七瀬から聞いていた通り、芳美さんは今日も一足先に店を出ているので、店内は織家と七瀬、耕作の三人のみである。今にして思えば、芳美が先に帰るのは、自宅の家事以前に『息子が自殺する音を聞きたくない』というもっともな理由からなのかもしれない。

もう、いつ落下音が聞こえてきてもおかしくはない。かなり大きい音であることはわかっているので、それがいつ鳴るのかと身構えていると、喉《のど》が急激に渇いてくる。だが、カフェラテはずいぶん前に飲み干しており、閉店時刻の前にお冷も回収されてしまっていた。

仕方ないと諦《あきら》めた——その刹那《せつな》。視界の端で、黒い影が窓の外を落ちていくのが見えた。間髪を容《い》れず、ドンと強い衝撃音がビル全体を震わせる。

「ひっ！」と、織家は堪《たま》らず耳を塞《ふさ》いだ。直後に、今度は店内の電気が全て消える。どういうわけか、非常灯がつく様子はない。

それでも、外の街灯や向かいのビルの明かりなどが入ってくるので、どこに何があるのかを見て取れるくらいの明るさはあった。

怯《おび》える織家に対し、七瀬は平然とした様子でスタスタと手摺際まで移動する。ここに来た目的を思い出した織家も、意を決して席を立ち七瀬の隣へと移動した。

「……ほら、出たよ」

七瀬が示すのは、吹き抜けから見下ろした四階の窓の外。そこには、確かに高校の夏服のような格好の背が高い男性の姿があった。七瀬が好きになるのも頷ける容姿をしており、どこか思いつめたような表情を浮かべている。

――だが、それだけではない。

視線を感じ、不意に頭を上げた織家は絶句する。五階の窓の外にも、いるのだ。昨日織家が目撃した、全身が無残に潰《つぶ》れた悠樹の霊が。

彼は血に濡《ぬ》れた両手をガラスに押し当てて、何かを訴える呻《うめ》き声のようなものを上げている。

正面には、落下後の姿をした悠樹の霊が間違いなくいる。その下にいる綺麗《きれい》な状態の悠樹の霊は、複雑な表情でこちらを見上げていた。そして、隣で階下に目を奪われている七瀬には、どう考えても五階の悠樹の姿は見えていない。

混乱の最中《さなか》、電気が復旧して照明がついた。それに合わせてどちらの悠樹も姿を消し、室内が明るくなったことで鏡のようになったガラスには、並び立つ織家と七瀬の姿が映し出されていた。

「大丈夫かい？」

厨房《ちゅうぼう》から出てきた耕作が、申し訳なさそうに気遣いの声をかける。

「この時間帯は、毎晩のようにブレーカーが落ちることを伝え忘れていた。怖い思いをさせてしまったね」

「いえ、大丈夫です……」

平気なふりをする織家の隣で、七瀬が捻《ひね》り出すように声を発した。

「……ごめん、織家。私、もう気持ちを抑えきれない」

そう口にすると、彼女は耕作の方へ歩み寄った。

「すみません、マスター。私、昨日の話を聞いちゃったんです。その……ここで飛び降りたのが、マスターの息子さんの悠樹さんって人だって」

七瀬が打ち明けると、耕作は申し訳なさそうに眉《まゆ》を垂れた。

「……そうか。話せば君が気を遣うと思って黙っていたんだ。申し訳ない」

耕作の謝罪に、七瀬は謝る必要などないと言うように首を横に振った。

「停電になると、いつも窓の外に霊が……悠樹さんが浮かんでいるのが見えるんです」

「ああ、前にもそう言っていたね。私と芳美には見ることができなかったが、君がそう言うのなら、悠樹はそこにいるのだろう」

「それでですね、私……バイトの度に窓越しに会っているうちに、悠樹さんを好きになってしまったんです」

七瀬は、ついに秘めた想いを吐露した。

亡くなった息子のことが好きだと聞かされ、親である耕作は何を思うだろうか。もしかすると、酷《ひど》く傷つくかもしれない。

それでも七瀬は、恋心に蓋《ふた》をし続けることができなくなったのだろう。きっと、吐き出さずにはいられなかったのだ。七瀬の今の気持ちは、天木と特別講義で再会した時、自分のことを思い出してほしくて大声を出した織家のあの時の感情と似通っているのかもしれない。

伝えたくてどうしようもないことは、恥じらいや常識で必死に抑え込もうとしても、勝手に溢《あふ》れ出てしまうものだろう。

七瀬の気持ちを聞いた耕作は、涙をぼろぼろと流していた。

「ありがとう、七瀬さん！　ありがとう……！　君のような素敵な子に想われて、きっと悠樹も喜んでいるよ」

どうやら、受け入れては貰《もら》えたようだ。叶《かな》わぬ恋だとしても、これで七瀬の気持ちが全て無駄になるわけではなくなった。そのことを、織家は心底嬉しく思った。

「こちらこそ、ありがとうございます。こんなの馬鹿みたいだってわかってたんですけど、言わずにはいられませんでした。織家にも協力してもらっていたんです」

「そうか……ありがとう、織家さん」

耕作に涙を流しながら礼を言われ、織家は微笑み頭を下げた。七瀬は笑顔を見せ、ぐっと伸びをする。

「伝えたらスッキリしました！……これで、悠樹さんのことを諦められます」

無謀な恋の落としどころとしては、織家も七瀬の判断は正解だと感じる。これにて事故物件で巻き起こる数奇な恋愛も終わるのだと思った――その矢先だった。

「……七瀬さんは、冥婚というものを知っているかい？」

耕作が、涙でぐしゃぐしゃになった顔をハンカチで拭《ふ》きながら尋ねてきた。聞き慣れない言葉に七瀬は織家の方を見たが、織家もわからないので困り顔を返すことしかできなかった。

ハンカチをしまった耕作が説明する。

「冥婚というのは、供養の一種だよ。結婚せずに亡くなってしまった故人に相手を見つけて、形だけの結婚をしてもらうんだ。形は違えど、世界各地に似通った風習が根付いている。息子に何かできることがないか探しているうちに、私はこの冥婚というものを見つけたんだ」

死者との結婚。そう聞くと、織家にはどうしても恐ろしいものに思えてならない。七瀬も同じ心境のようで、考え込むように床を見つめている。

「急にこんな話、怖いよね？　でも、そんなにおっかないものじゃないんだ。さっきも言ったけど、単なる供養だよ。死者と結婚したからこの先結婚できないとか、そういった縛りは一切ない」

「それをすると、悠樹さんは成仏できるんですか？」

七瀬は静かに問う。

「……どうだろうね。でも、七瀬さんなら悠樹もきっと気に入るはずだ」

耕作のその言葉が後押しになったのか、七瀬は視線を上げると「わかりました」と頷《うなず》いた。

「ちょっと待って！　形だけとはいえ、結婚だよ？　もう少し考えてから決断したら？」

「いいの。私の気持ちに嘘偽りはない。私、悠樹さんと冥婚します」

織家の制止を聞かず、七瀬は気持ちを固めてしまった。耕作は「ありがとう」と繰り返しながら再び感涙している。

本人たちが良ければ、もう織家が口を挟むことではないのかもしれない。七瀬の恋はある意味で成就し、塩畑夫妻は息子を供養でき、悠樹も冥婚したことで成仏できるかもしれない。

だが、拭《ぬぐ》いきれない不安要素がある。――織家にしか見えなかった、五階の窓の外の悠樹の霊のことだ。

腕や足が捻《ね》じ曲がった血塗《まみ》れの悠樹は、ガラスにへばりつき恨みの籠《こも》ったような声で何かを訴えていた。一体、五階と四階のどちらの悠樹を信用すればいいのだろうか。

「それじゃあ、冥婚の細かい説明に入ろうか」

耕作が笑顔で提案した、その時だ。

「お邪魔します」

金魚草に、一人の男性が入ってきた。その顔は、織家のよく知る人物だった。

「あっ、天木さん⁉　どうして……」

天木は織家の疑問に答える素振りは見せず、すっと自身の体を横へ移動する。天木の後ろには、帰ったはずの芳美ともう一人――先ほど四階の窓の外で見た、綺麗な方の悠樹の姿があった。

芳美は、焦り顔の耕作へ申し訳なさそうに告げる。

「ごめんなさい、あなた……バレました」

◆

閉店後も、明かりが灯《とも》り続けている金魚草。

織家、七瀬、天木が横並びで座り、テーブルを挟んだ対面では気まずそうな顔をした悠樹が縮こまっていた。

天木が認識している時点で、この悠樹と思《おぼ》しき人は霊ではない。だが、先ほど四階の窓の外に出た霊と瓜二《うりふた》つの見た目をしている。これはどういうことなのか。

塩畑夫妻はというと、飲み物を準備するという名目で揃って厨房に引っ込んでいる。

詳しいことはさっぱりだが、やましいことをしているのがバレたのだということは織家にも理解できた。夫妻も腹を括《くく》る時間が欲しいのだろう。

「自己紹介してもらってもいいかな?」

天木が促すと、向かいの席に座る彼はおずおずと口を開いた。

「……俺、智樹《ともき》っていいます。……悠樹の五歳下の弟です」

何となく、織家にも話が見えてきた。飛び降り自殺が五年前で、年の差は五歳。つまり、智樹の今の年齢は悠樹の死亡時と同じくらいということになる。

ここで、夫妻が飲み物をお盆に載せて戻ってきた。テーブルの上に、次々と飴色《あめいろ》の液体が入ったグラスが置かれる。香りからして、レモンティーのようだ。

「ノンカフェインですので」

時間が時間なので、眠れなくならないよう気を遣ってくれたようだ。だが、芳美のそんな気配りを嬉《うれ》しく思えるような状況ではない。夫妻は智樹の隣に腰掛けると、誰かがレモンティーに口をつけるのを待たずして、耕作が口火を切った。

「七瀬さん、申し訳ない。我々は、君を騙《だま》していた」

耕作と芳美が、深々と頭を下げた。そんな両親を見て、智樹も遅れて頭を下げる。しかし、現状では何に対し謝られているのか理解するのは難しい。

「待ってください。一から、わかるように説明してください」

七瀬の言い分を汲《く》み取り、耕作はぽつりぽつりと語り始めた。

「……このビルで長男の悠樹が亡くなったことは事実で、毎晩九時過ぎに聞こえてくる落下音に関しては本当の怪現象なんだ。……ただ、七瀬さんが今まで見ていた悠樹の霊だけは違う。あれは、我々が作り出したインチキ。正体は、ここにいる智樹なんだ」

「私が見ていたのが智樹くんだったのは、何となく察しています。でも、一体どうやって……」

「ペッパーズゴースト、だ」

七瀬の疑問に答えたのは、天木だった。聞き慣れない単語に首を傾げる織家と七瀬に対して、塩畑家の面々は一様に苦い顔を浮かべている。

「何ですか、それ？」と、織家は問う。

「ガラスを用いた古典的な視覚トリックのことだ。某有名テーマパークのアトラクションでも採用されているぞ。難しく思えるかもしれないが、何のことはない」

天木が指さしたのは、吹き抜けを挟んだ先にある壁一面の窓ガラスだった。そこには今、テーブルに向かい合って座る織家たち六人が鏡のように反射して映し出されている。

「ペッパーズゴーストとは、ガラスの反射を利用した目の錯覚のことだ。室内が屋外より明るい場合、ガラスはこのように中の様子を鏡のように映し出す。映し出された姿は、外の景色を透過する半透明の姿でガラスの向こう側に存在しているように見えるだろう？　まるで、幽霊のように」

天木は、塩畑家の方へ視線を移した。

「芳美さんが一足先に退勤するのは、下のフロアで智樹くんと合流するため。落下音を合図に耕作さんが五階のブレーカーを落とし、それに合わせて芳美さんは定位置に立つ智樹くんの頭上のスポットライトのスイッチをつける。おそらくは、調光できるタイプでしょう。明る過ぎると、室内の余計なものまで窓に反射してしまいますから。さらに言えば、智樹くんの足元の床は黒く塗られていました。これもガラスへの映り込みを極力智樹くんのみにするための工夫と思われます」

天木の説明を聞きながら、織家はこれまで集めてきた情報を頭の中で反芻《はんすう》する。

室内の方が暗くなれば、窓は日中と同様に外の景色を透過する。先ほどの停電時に五階の非常灯がつかなかったのは、室内を少しでも暗くするために耕作が敢《あ》えてつかないようにしていたと考えられる。

そして、昨日ビルを外から見張っていた時、五階の停電に合わせて四階が仄《ほの》かに明るくなったのを天木と空橋は目撃していた。あれは智樹の姿をガラスに映すための最低限の明かりだったのだろう。

窓に映り込む智樹の姿は、さすがに真下の地上から見上げても見ることは叶《かな》わない。これが店内にいた七瀬にだけ四階に浮かぶ智樹が見えていた理由である。

「……どこで気づいたんですか？」

力なく、芳美が天木に尋ねた。

「最初の疑問は、四階の手摺《てすり》を付け直す気がないところでした。空橋にテナント募集を委託しているのに、四階を使える状態にする気がないというのは妙です」

「それは、直したところで借り手が見つかるとは限らないからじゃないんですか？」

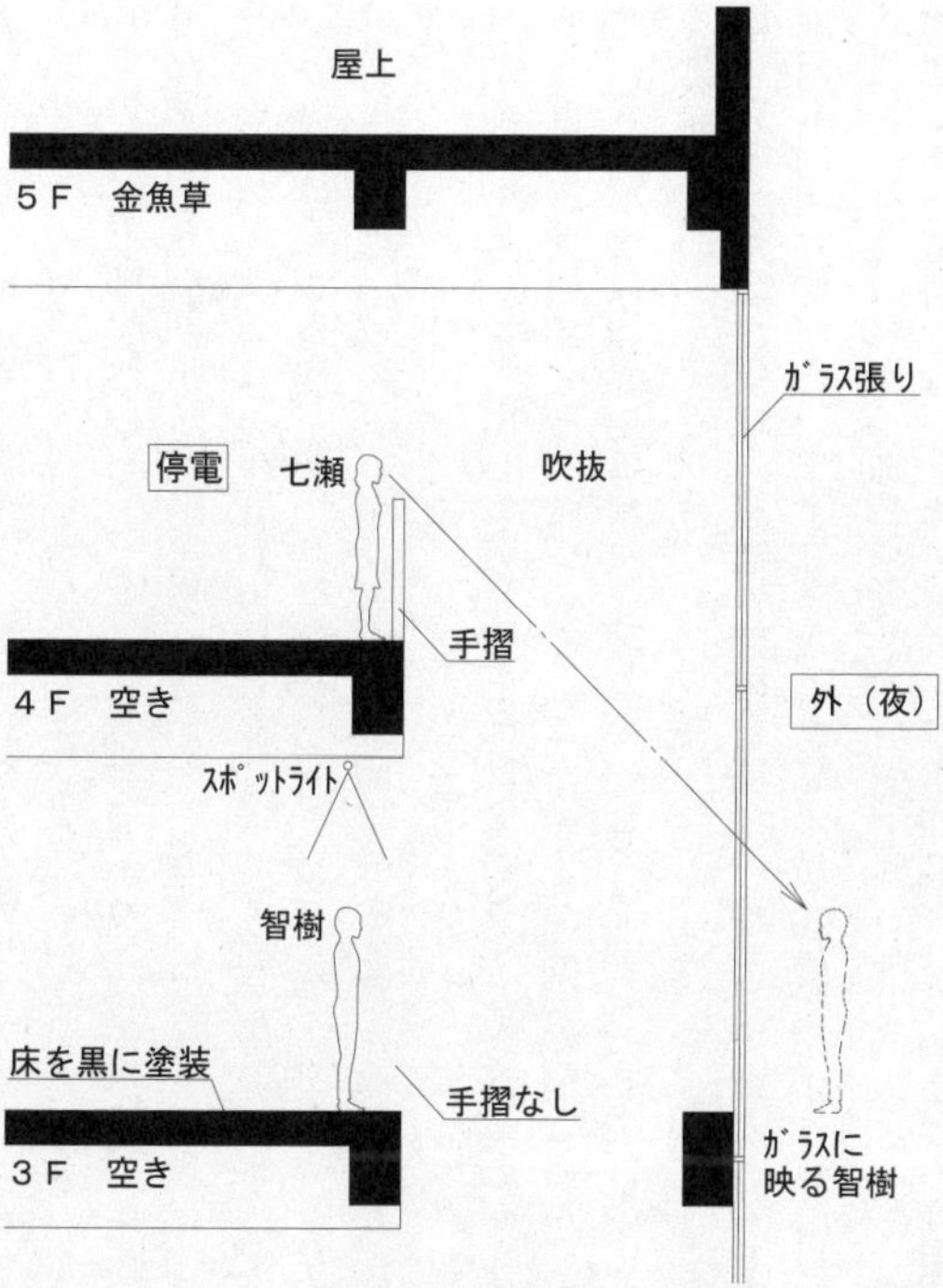

ペッパーズゴースト　説明図

織家は、思い浮かんだ可能性を横から差し込む。

「ビルというのは、用途にも依《よ》るが一般的に階数が高い方が家賃も高い傾向にある。景色や日当たりがよく、人目も気にならないし虫も少ない。セキュリティの面でも、地上階より優れている。五階を使用している今、塩畑ビルの目玉は四階だ。それを放置しているというのは、つまり最初から四階を貸す気がないと受け取れる。現に、手摺を付けなかったのは、ペッパーズゴーストを行う際に智樹くんの前に手摺が映り込まないようにするためだったわけだからな。寧《むし》ろ、最初から意図して手摺を外していたとも考えられる」

何も言わない塩畑一家の反応が、天木の推測を静かに肯定していた。天木は話を次に進める。

「ペッパーズゴーストを利用していることには気づけましたが、わからない部分は多かった。幽霊役が誰なのか。そして、こんなことをする理由は何なのか。ただ、四階さえ見張っていれば現場は押さえられると踏んでいたので、こうして行動に移させていただきました」

その結果判明した幽霊役は、悠樹の弟の智樹だったわけである。そして、こんなことをした理由も判明している。――亡くなった息子に、冥婚相手を見つけるためだ。

「……全て、天木さんの言う通りです」

意気消沈している耕作は、レモンティーの水面に映っているだろう自身の沈んだ顔と睨《にら》み合いながら、主張を吐露し始めた。

「私は、悠樹には幸せになってほしかった。いい大学に入るよう言ったのも、息子の幸せを願ってのことだった。ですが、結果的にそれが悲劇を招き……悔やんでも悔やみきれません。ですから、せめてもの供養のために結婚相手を探すことにしたんです」

「それで冥婚ですか」

天木の言葉に、耕作は頷《うなず》いた。

「天木さん。冥婚って結局どんなものなんですか？　私、まだよくわかってなくて」

織家が問うと、天木は少し間を置いてから話し始めた。

「冥婚には、国や文化によって様々な形が存在する。遺灰を用いて死者同士を結婚させるものや、人形を相手に見立てて結婚させるもの。日本で有名なのは、死者の結婚後の生活を絵にすることで供養する『ムカサリ絵馬』だろう。これも冥婚の一種と言える」

当初塩畑夫妻に告げた単なる建築士という設定を忘れ、天木はつらつらとオカルト知識を披露する。

「今回該当するのは、死者と生者の結婚というパターンだ。台湾などでは『路上に落ちている赤い封筒を拾うと、強制的に冥婚させられる』という話がある。同時に、お金が貰《もら》えたり親族から生活を援助してもらえたりなど、メリットも存在するようだがな」

説明を終えると、天木は視線を織家から耕作に戻した。

「アルバイトは、息子さんと冥婚してくれそうな人を選んでいたわけですね？」

それで面接時から事故物件であることを隠さなかったのかと、織家は合点がいった。

一見正直な対応の裏で、霊に耐性のありそうな子を厳選していたようだ。

今にして思えば、客入りの然程《さほど》多くない金魚草ならば、バイトがいなくても夫婦二人で十分回せそうな気もする。

耕作は、もう勘弁してくれと言わんばかりに目をきつく閉じていた。

「しかし……可哀想だろう！　結婚もできずに亡くなるなんてっ！」

「それは視野が狭いでしょう。昔のことはわかりませんが、今の時代独身と不幸はイコールで結びつきません」

「それはお前の勝手な考えだろう！」

大声に臆《おく》さず、天木は耕作に冷たい眼差《まなざ》しを向け続けていた。

「……智樹の見た目は、当時の悠樹とよく似ている。だから私たち一家は、一年ほど前から雇ったアルバイトの子を対象にこの場所でお見合いをさせることにしたんだ。するとどうだろう。毎日夜九時過ぎ……悠樹が屋上から身を投げた時間に、落下音が聞こえるようになった。悠樹も待っているんだよ！　自分の冥婚相手が見つかるのを！　そしてようやく、今日見つかった」

耕作は、七瀬を見つめてにこりと笑う。最初は好印象だったその笑顔は、今や不気味さを孕《はら》んだ禍々《まがまが》しいものに思えてならない。テーブルの下で、七瀬が織家の手をぎゅっと強く握った。

——その時だった。

バン！　という大きな音に、織家は窓の方を見る。すると、そこには全身が無残に潰《つぶ》れた男――本物の悠樹の霊の姿があった。彼が何かを訴えるように捻《ね》じ曲がった腕で窓を叩《たた》く度に、血や肉片が窓にこびりつく。

「どうした、織家くん？」

様子がおかしく見えたのだろう。天木が、隣の織家に小声で話しかけてくる。誰ひとりとして窓を見ていないことから察するに、あの姿が見えているのは織家だけのようだった。

「……本物の悠樹さんの霊が窓の外にいて、何か訴えています」

織家は可能な限り平静を装い、天木に小さな声で伝える。悠樹は、七瀬との冥婚を止められそうで怒っているのだろうか。

「君は店を出ても構わないぞ」

「大丈夫です……最後までいさせてください」

「……わかった」

小声での会話を終え、天木は纏《まと》めに入る。

「耕作さん。芳美さん。全てが明るみに出た今、七瀬くんにはもう冥婚の意思はない。諦《あきら》めてください」

七瀬の引き攣《つ》った顔を見れば、それは明白だった。いくら息子を思っての行動だったとはいえ、こんなやり方は絶対に間違っている。

「いいや、七瀬さんは悠樹との冥婚を了承してくれた！　もう冥婚は成立したと言っていい！　おめでとう！　冥婚おめでとう！」

「おめでとう悠樹！　ああ、よかった！　今夜はみんなでお祝いしましょう！」

耕作と芳美は、互いに手を取り合い喜んでいる。まるで、聞き分けのない子どもの我《わが》儘《まま》である。歓喜する夫妻の熱に当てられるようにして、窓の外の悠樹も窓をより激しく叩き出した。

「――いい加減にしてくれ！」

不気味で異様なその空気を止めたのは、ずっと沈黙を貫いていた智樹だった。

「父さん、母さん、もうやめよう！　こんなことしたって、兄ちゃんはきっと喜ばない！」

「い、今更何を言い出すんだ智樹！　三人で悠樹を供養してやろうって決めたじゃないか！」

「そうだよ。……でも、途中から間違ってる気はしてたんだ」

織家が思い出すのは、窓越しに見た悠樹の役を演じる智樹の思いつめたような表情のこと。一年近く続けてきて、いざ冥婚相手が七瀬に決まりそうになると、智樹の心には迷いが生まれたのではないだろうか。

「智樹くんの言う通りです。それに、このまま冥婚が成立しても、おそらく落下音は消えませんし、息子さんも成仏できませんよ」

「何を根拠にそんなことを！」

「まだわかりませんか？」

耕作の反論を封じるように、天木は語気を強めて告げる。

「受験先に次いで、結婚相手まで親の都合で決める気ですか！　その身勝手さが息子の死に繋《つな》がったことが、まだわからないのか！」

怒りの籠《こも》った天木の言葉に、塩畑夫妻は面食らった様子で固まっていた。同時に、天木の主張は織家の中で腑《ふ》に落ちる。

悠樹の霊は、冥婚相手が欲しくて存在を主張していたわけではない。自分のことを何でも勝手に決めようとする行き過ぎた親心に対し、抗議の意味を込めて落下を繰り返していたのではないだろうか。

「む、息子が冥婚を望まない証拠があるのか！」

「あなたたちがこんなことを始めた後から落下音が聞こえ始めたのが、その証拠でしょう」

「それは、息子が冥婚相手を待ち望んでいるからで」

「結婚相手を待つ者が自殺など繰り返すものか。息子さんの主張は、もっと単純明快でわかりやすい」

天木は強く、それでいて優しい口調で夫妻に説く。

「自分はもう死んでいる。だから、生きている智樹を大切にしてくれ。息子さんは、そう伝えたいのではないでしょうか」
その言葉に、芳美の表情が歪《ゆが》んだ。目尻《めじり》から涙が零《こぼ》れ落ち、それに感化されるように
して耕作の目からも涙が溢《あふ》れ出た。
後悔してもしきれない気持ち。それを癒すのが供養である。死後もなお誰かに想って
もらえることは、きっと霊にとっても嬉《うれ》しいはずだ。
しかし、供養に囚《とら》われてはいけない。この世で生きる者が、あの世のことばかりを考
えてはいけない。
織家は、窓の外を見る。そこにいる悠樹は、単なる恨み辛《つら》みの思いで冥婚を止《や》めさせ
たかったのか。それとも天木の言う通り、両親と弟に現実を生きてほしいから止《と》めたか
ったのか。
答えを示さないまま、悠樹の姿は煙のように消えていく。
織家には、その様子が心なしか穏やかに見えた気がした。

◆

後日。
織家は、七瀬と共に桜木町《さくらぎちょう》駅から西に位置する久保山《くぼやま》墓地を訪れた。広大な敷地には、
大作のドミノ作品のように墓石が並べられている。

周囲に建物がないこともあり、横浜とは思えないくらいに夏空が広かった。セミの鳴き声が、各所からうるさいくらいに聞こえてくる。

迷わないように、敷地内は細かく区分けされている。あらかじめおおよその場所を七瀬が夫妻から聞いていたので、思っていたよりも簡単に目的の墓石に辿《たど》り着くことができた。

「……ここだね」

艶《つや》のある黒い御影石には『塩畑家之墓』と彫り込まれている。今日は、悠樹の墓参りに来たのだ。

バケツに汲《く》んできた水で墓石を掃除し、花立てに買ってきた菊と竜胆《りんどう》を挿す。火をつけた線香を香炉に置き、織家と七瀬は静かに手を合わせた。

帰り道。隣を歩く七瀬は、とても静かだった。きっと、色々な思いがまだ収まるべきところに収まっていないのだろう。

沈黙に耐え切れなくなり、織家の方から声をかける。

「バイト、どうするの？」

「ん？　今朝正式に辞めてきたよ。あんなことがあったんじゃ、もう働けるわけないじゃん」

精一杯笑いながら、七瀬は答えてくれた。

「マスターから、一つ伝言。あの日からまだ数日しか経ってないけど、今のところ落下音は聞こえなくなってるってさ」

　ということは、悠樹は成仏できたのだろうか。正確にはわからないが、少なくとも自分の訴えは両親に届いたと認識してくれたようだ。

「……織家、一つ訊《き》いてもいい？」

「何？」

「織家ってさ……凄《すご》い霊感持ってたりする？」

　投げかけられた質問は、覚悟していたものだった。

　七瀬がそう思うのも無理はない。五階に現れた本物の悠樹に対して、織家は彼女の前であまりにもリアクションを取り過ぎた。何かが見えていると思われて当然である。

　彼女には、気味が悪いと思われたくない。誤魔化すこともできるだろう。だが、ここで嘘をついてしまっては、この先笑顔で七瀬と接することができなくなる気がした。

「……うん。黙っててごめんね」

　七瀬の反応が怖くて、伏せた顔を上げることができなかった。彼女は引いているだろうか。怖がっているだろうか。あの明るい笑顔を、もう向けてはくれなくなってしまうだろうか。

　おそるおそる、織家は顔を上げた。すると――。

「すっごいじゃん織家！　霊感少女ってやつ？　幽霊が見えるとか、超能力じゃん！」

　織家の後ろ向きな想像など吹き飛ばすほどに、七瀬は興奮しているようだった。

「……え？　気味悪いとか思わないの？」

「何で？　私が見てた霊は偽物だったけど、落下の音は毎晩聞こえてたからオカルトが実在するのは認めてるし、そんなこと思うわけないじゃん。寧《むし》ろかっこいい……とか言うのは、失礼になっちゃうのかな？」

七瀬は織家との温度差に気づいたのか、急にしおらしくなる。そんな彼女を見ていると、霊感持ちだと打ち明けるのを怖がっていた自分が急に馬鹿馬鹿しく思えてきて、堪《たま》らず噴き出してしまった。

何がそんなにおかしいのかと、七瀬は不思議そうな顔をしている。だが、織家の笑いが移ったのか、そのうち七瀬も一緒に笑い出した。

「そうだ！　夏休みが明けたらオカルト系のサークル一緒に探そうよ。私、今回の一件で興味出ちゃったかも」

「絶対駄目！　ああいうのは、自分から首を突っ込むもんじゃないの！」

「そういえば訊きそびれてたんだけど、トリックを暴いてくれた織家のかっこいい上司って一体何者なわけ？　それに、前日に一緒に来てた眼鏡のイケメンも気になる！　今度紹介してよ」

「そ、それは……」

返答に困った織家は「また今度ね！」と告げて走り出す。七瀬は、文句を言いながら後を追い駆けてきた。

第二話　隙間の女

愛してくれなくていい。気づいてくれなくていい。

ただ、見せてほしい。

哀れんでくれなくていい。罵倒《ばとう》されてもいい。

ただ、覗《のぞ》かせてほしい。

謙虚な彼女は、今日も私生活を覗き見る。怯《おび》える家主をこっそりと見つめ、悦に入る。

——うふふ。あははっ。

◆

十一月に入ると、色づいていた事務所の庭木の葉が落ち始めた。秋といえば読書に芸術に食欲など、いろいろと捗《はかど》る季節である。

「ゲーセン好きだからバイト始めたんだけど、失敗だったかも」

「何で？　向いてそうだけど」

「結局遊ぶのが面白いわけで、働くのは何か違うんだよね。あと、めっちゃナンパされるし」

「何それ、モテ自慢？」

織家にとっては、お喋《しゃべ》りの秋だ。応接スペースの赤いソファーに座りガールズトークに花を咲かせている相手は、七瀬である。

自身が霊感持ちであることを話した後、結局織家は天木の許可を得て事故物件調査というものに協力していることを打ち明けた。

すると七瀬は事務所に来たいと言い出し、一度訪れると隠れ家的な雰囲気とお洒落《しゃれ》な内装が気に入ったのか、空橋と同様にしょっちゅう訪ねて来るようになった。

そして、来客の予定がなく織家も勤務時間外の時は、こうしてガールズトークを楽しんでいる。

大学へ進学して以来同年代の女子と話せていなかった織家にとっては、こういう何気ない時間が楽しくて堪らない。だが、懸念点が一つある。天木がご立腹なのだ。

「君たち、ここは仕事場だと何度言ったらわかるんだ」

パソコンから目を離した天木が、オフィスチェアをくるりと回して不満顔をこちらに向ける。

「えー。ちょっとくらいならいいよって言ってくれたじゃないですかー」

「二時間をちょっととは言わないだろう」

「あ、そういえば、天木さんが昔出てたテレビ番組観ましたよ。最初に会った時から、どこかで見た気はしてたんですよねー」

「話を逸《そ》らすんじゃない」

七瀬の企《たくら》みを、天木が抑え込む。最初の方こそ表の顔で接していた天木だったが、気を配る必要のない相手と認識したのか、最近は織家と同じように素で七瀬とも接している。

「大体、なぜここに集まる？　七瀬くんの部屋に行けばいいではないか」

「私、実家から通ってるんですよ。まだ小さい弟もいるから、ゆっくりできないんです」

「ならば、やはり織家くんには早いうちに新居を探してもらわなければな」

引っ越しの話題は夏休み中に一度上がったが、塩畑ビルの一件でうやむやになっていた。それがここに来てまた浮上する。これ以上天木を刺激するのは、引っ越したくない織家にとってあまりいい流れではない。

「ね、ねぇ七瀬。今日のところはここまでにしようか？」

「天木さんも一緒にお話ししましょうよ」

やんわりと解散を仄《ほの》めかす織家の意見などどこ吹く風で、七瀬は猫撫《ねこな》で声で天木を尚《なお》も刺激する。彼女がガラス天板のローテーブルの上に広げていたポテチを一枚齧《かじ》ると、天木は「食べかすを落とすな！」と怒りのボルテージを上げた。

そんな天木の目の下にあったはずの濃い隈《くま》は、いつの間にか消えている。しっかり睡眠を摂《と》っていると考えればいいことなのだが、白い家について調べることがなくなってしまったと考えると、手放しには喜べなかった。

どんな些細《ささい》な情報でもいいから、思い出したら教えてくれ。そう言われたあの日から、家の中にいた何者かの数少ない記憶を幾度となく思い返してはいるのだが、未《いま》だ天木に伝えられる情報を拾い出すことはできていなかった。

「こんちはー！」

そこへ、ヒゲ丸を抱えた空橋がやって来る。天木が「喧《やかま》しいのが増えた」と呟《つぶや》いたのを、織家は聞き逃さなかった。

「ふー。また重くなったか、ヒゲ丸？」

空橋の腕から下ろされたヒゲ丸は、不満げにニャンと鳴くと、日当たりのいい窓辺を目指してとことこ歩き出す。その道中で七瀬に捕まり、たっぷりと撫で回されていた。

「いつ見ても愛《う》いのぅ、ヒゲ丸ぅ。空橋さん、ちわっす！」

「やあ、七瀬ちゃん。ちーっす！」

この二人は互いに人見知りという言葉とは無縁な性格をしているので、打ち解けるのも早かった。

事務所内が賑《にぎ》わうに連れて、天木の苛立《いらだ》ちが増していくのがよくわかる。だが、そこは付き合いの長い空橋である。きちんと天木の喜ぶ手土産を持参していた。

「ほら、天木。事故物件の調査依頼だ」

天木の眉間《みけん》にきゅっと集まっていた皺《しわ》はあっという間に消え去り、彼は差し出されたA4サイズのファイルを受け取る。

その様子を見た七瀬は、鞄《かばん》を手に取り早々に立ち上がった。

「私、お邪魔になりそうだから帰るね」

事故物件調査を行っていることを打ち明けた当初、織家は七瀬が好奇心から調査に同行すると言い出すのではと危惧《きぐ》していた。しかしそんなことはなく、彼女は自身とこちらの境界というものを理解してくれており、邪魔になると察すると潔く身を引いてくれる。

それができる子だと判断したからこそ、天木は自分のことや事務所の場所を伝えても構わないと言ってくれたのだろう。もっとも、そのことに後悔はないとは言えないかもしれないが。

玄関で七瀬を見送った後、応接スペースに三人で座る。七瀬が残していった菓子を摘まみながら、早速事故物件調査の打ち合わせが始まった。

まずは、空橋が簡単な概要を説明する。

「依頼主は、俺の知り合いの白鳥《しらとり》不動産ってところの代表の白鳥さんだ。今の借主に泣きつかれたらしく、困り果てて俺に連絡してきた。物件の場所は東京の郊外で、築五十年の平屋建て」

天木が見ている資料を覗き見ると、純和風な外観写真と間取り図が掲載されている。間取り図の中には、一か所だけ見慣れない室名があった。

「この『パニックルーム』って何ですか？」

間取り図の西側にある、不自然に突き出した六畳ほどの一間。そこには確かにそう記載されていた。天木は「勉強不足だな」と小言を呟くと、そのまま流れるように説明する。

「パニックルームとは、強盗など住宅に何者かが侵入してきた際、籠城《ろうじょう》するための部屋だ。扉や壁を強固なもので作り、室内には外との連絡手段が設置されており、食料などを備蓄しておくこともある。『セーフルーム』や『緊急避難室』などと呼ばれることもあるな」

そんな部屋がある一軒家というのは、ずいぶんと珍しい。この物件のアピールポイントの一つなのだろう。そこを踏まえて考えると、表記されている家賃はかなり安い。その理由は、決まっている。

「この家は、もちろん事故物件だ」

「事故の内容はわかるか？」

「ああ」

空橋はやや間を置き「殺人だ」と続けた。その言葉の重みのせいか、事務所内の空気がずんと重くなるのを感じる。

「事件は約四年前。当時はこの家の持ち主である三人家族が住んでいた。その旦那《だんな》さんが、家の中で女性を撲殺したらしい」

「その女性って、旦那さんの奥さんですか？」

神妙な面持ちで、織家が問う。

「いや、奥さんは別の人で、今でもちゃんと生きてるよ」

だとしたら、殺されたその女性と旦那さんはどういった関係だったのだろう。

「殺された女性は、友人か、姉か妹か、親戚《しんせき》ってところですかね？　家の中に上がっているんですから、見ず知らずの関係ではないでしょうし」

「殺人にまで至っているのだ。浮気相手との痴情の縺《もつ》れの末になんてこともあるかもしれないな」

織家と天木の予想をひっくるめて、空橋は「どうだろうね」と煮え切らない返答を落とした。

「真相はわからないんですか？」

「当時の担当はもう退職しちゃってて、詳しいことはわからないんだって。賃貸として白鳥不動産が管理しているから奥さん辺りとは話ができるだろうけど、旦那さんの殺人について詳しく尋ねる勇気はないってさ」

それはそうだろう。わざわざ自分の顧客の傷跡を抉《えぐ》るなど、気が進まないに決まっている。

「だが、殺人なら何かしらのニュースになっているのではないか？」

天木が問うと、空橋は困り顔で首を横に振った。

「調べてはみたんだけど、不思議なことに殺人事件の記事は一件も見つからないんだよ」

それはまた、妙な話である。しかし、情報がないというのならこれ以上考えても仕方がないだろう。

それに、事故物件調査の仕事は過去に起きた事件を丸裸にすることではなく、現状起きている心理的瑕疵《かし》を取り除くことだ。

「で、この家ではどのような怪現象が起きるんだ？」

天木が肝心要の部分に切り込むと、空橋はソファーに深く座り直した。

「今の借主が言うには、夜になると家の中のどこからか視線を感じるらしい」

「視線……それだけですか？」

正直、織家は話を聞いて拍子抜けしてしまった。今まで見てきた事故物件と比べると、ただ視線を感じるだけという今回の怪現象は大したことがないように思える。

その考えを見透かしてか、天木が口を挟んだ。

「それだけというのは間違っているぞ。人間、視線を感じている間は気が休まらず、過度に意識すれば心的障害を招くこともある。現在の賃借人にとっては、これ以上ない恐怖なのだろう」

「そ、そうですよね。すみません……」

恐怖の度合いは人それぞれ。心理的瑕疵に上も下もない。考え方を改めて、織家は調査日の調整の話に加わった。

◆

三日後。織家と天木と空橋の三人は、東横《とうよこ》線に揺られながら渋谷《しぶや》を目指していた。事故物件調査の際は泊まりになりがちなことは学んでいるので、宿泊グッズを鞄に詰め、大学も講義を数日休んでも問題ないタイミングを選んでもらった。

渋谷駅で降り、駅構内で簡単な昼食を済ませてから埼京《さいきょう》線で新宿《しんじゆく》駅へ。迷宮のようなその造りは、一人で来ていたのなら間違いなく迷っている自信があった。無事に中央《ちゆうおう》線に乗り換え、電車は郊外を目指す。

窓の外の景色から次第に背の高いビルの棟数が減っていき、三十分ほどすると一般住宅の方が目立つ長閑《のどか》な地帯に移り変わっていた。

次の停車駅で降り、織家たち三人は揃って大きく伸びをする。

「何だか、都内とは思えないところですね」

そうは言ったが、マンションや階層の低い商業ビルは見受けられるので、地方出身の織家からしてみれば、ここも十分に都会である。しかしながら、渋谷や新宿を通ってきた後となっては、見劣りするのは仕方のないことだろう。

「都心は何かと忙《せわ》しないからな。住むのであれば、このくらいの場所の方が静かでいいと僕は思う」

実際、天木と同様の考えの人が多いからこそ、この辺りは住宅が多いのだろう。

「二人共、少し歩くよ」と、空橋が先導して歩き出す。件《くだん》の家は、住宅地を五分ほど歩いた辺りで現れた。

純和風の平屋建ての家屋で、屋根には赤茶色の瓦《かわら》が葺《ふ》いてある。外壁は腰まで板張りだが、板と板の間には所々欠けや隙間が生じている。腰より上に塗られた漆喰《しっくい》も、ベージュ色に変色して至る所に亀裂が走っていた。

良くも悪くも、五十年という歴史を感じさせる物件である。そして、特徴的なのが家の西側だ。

和風住宅からぽこりと突き出した六畳ほどのスペースが、板金屋根と白いサイディング壁というシンプルな仕上げ材で覆われている。

見るからに後から増築しているこのスペースが、間取り図に載っていたパニックルームと考えて間違いないだろう。

庭先には、なぜか色とりどりのキャンプ用テントが三張り設営されていた。不思議に思いつつも、玄関の前までやって来る。

玄関先には、羽田野《はたの》という手書きの表札がポストに貼り付けてあった。空橋がインターホンを押すと、玄関の引き違い戸がやたらと勢いよく開かれる。突然のことに、織家は小さく悲鳴を上げてしまった。

「ああ、すみません！　驚かせてしまって」

出迎えてくれたのは、丸刈りでグレーのパーカーを着た男性だった。二十代特有の若さを感じさせるが、顔色は優れず、少し前の天木のように目の下には酷《ひど》い隈《くま》ができていた。


「初めまして。白鳥不動産からの紹介で来た空橋です」

「羽田野です。お待ちしてました。どうぞ上がってください」

織家たちを招き入れると、羽田野はやたら勢いよく戸を閉めた。その際、彼はなぜが目をきつく閉じていたが、やがてゆっくり開くと安心したような表情を見せる。

「どうかしましたか？」

その行動を不審に思ったのか、天木が問う。すると、羽田野は悪戯《いたずら》を咎《とが》められた子どものように申し訳なさそうな顔を披露した。

「す、すみません。閉じる時は、どうしても一瞬隙間ができてしまうもので」

羽田野の言い分は、今一つ理解できないものだった。そして、ここからさらに疑問が追加される。

玄関を入って正面にある二か所のドアが、全開になっているのだ。しかも、その中はトイレと脱衣室である。換気をしているのかもしれないが、織家たちが来ることが伝わっているのだから、普通は閉じておくだろう。

加えて、全開なのはここだけではなかった。

前もって間取り図で確認していたが、この家は和室三部屋とダイニングキッチンが田の字に配置され、それぞれの部屋が襖《ふすま》で仕切られた『続《つづ》き間《ま》』と呼ばれる造りになっている。昔の家ではよくあるレイアウトだ。

そして、各部屋を仕切るこの襖もまた、全て開け放たれていた。それだけではなく、縁側に続く障子から、押入れの襖に至るまで、戸やドアの類《たぐい》がとにかく全て全開になっているのである。

三部屋ある羽田野邸の和室は、間取り図上では田の字の左上が1、左下が2、右下が3とナンバリングされている。織家たちが案内されたのは、八畳間の和室3だった。卓《ちゃ》袱台《ぶだい》が置かれているので、普段はここを居間の用途で利用しているのだろう。

座布団の上に正座して、辺りを観察する。日焼けした畳は緑色がすっかり抜けており、襖にはカビらしき染みが目立つ。天井板の一部には、ガムテープが貼られていた。見たところ、板がずれて生じた隙間を塞《ふさ》いでいるようである。

部屋の様子を見ていると、羽田野が四人分の湯呑《ゆのみ》をお盆に載せてやって来た。

「今日はわざわざ横浜から来てくれたんですよね？　遠いところ、ありがとうございます。俺一人ではどうすることもできなくて、途方に暮れていたんですよ」

羽田野がいかに苦労しているのかは、彼の疲れきった顔を見ればよく理解できた。

「安心してください、羽田野さん。こちらの天木は、非常に頼りになる男ですので」

空橋のそんなお膳立《ぜんだ》てに促される形で、天木は名刺を差し出した。受け取った羽田野は「建築士？」と微妙な顔をする。

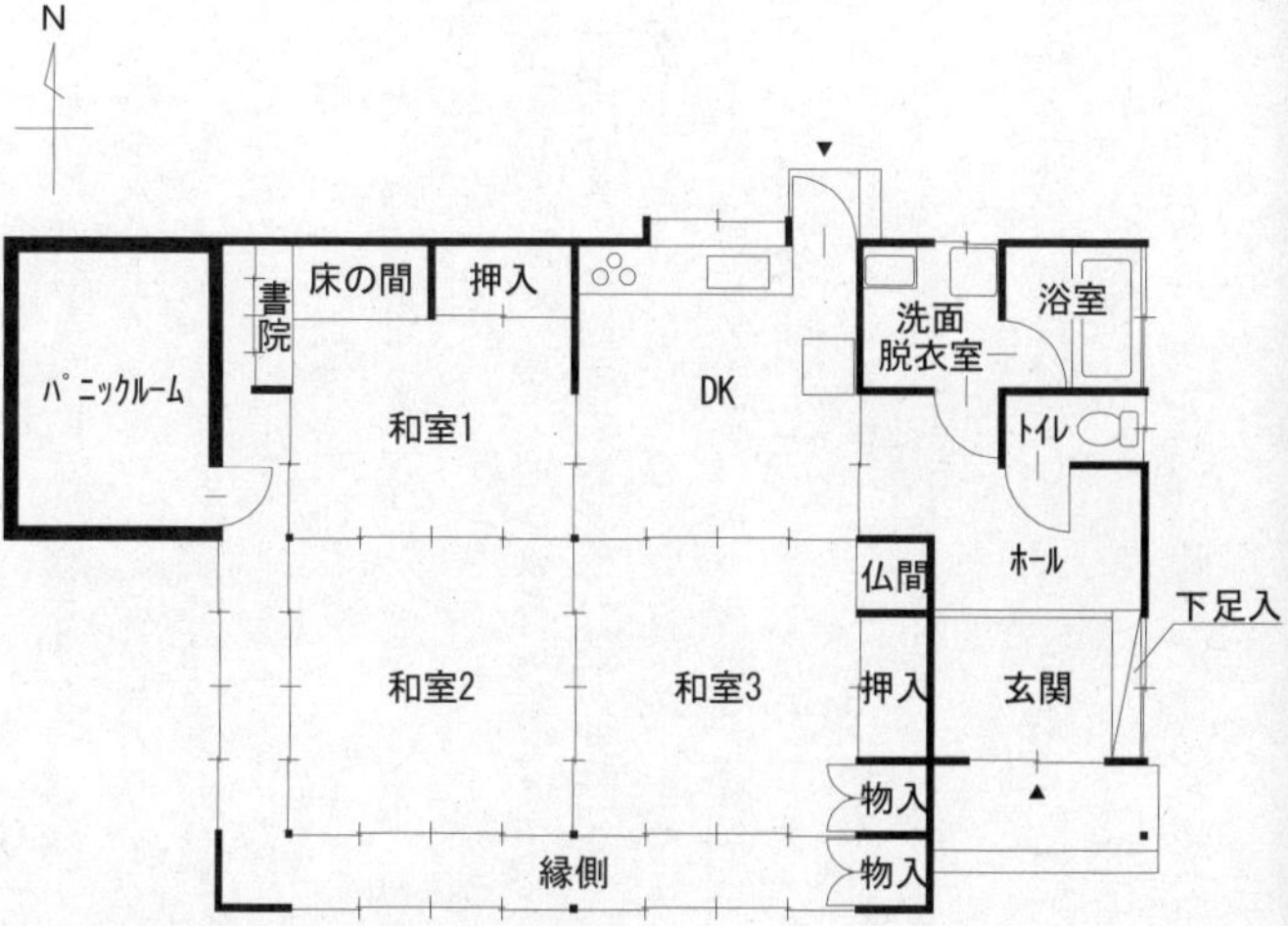
N
パニックルーム
書院
床の間
押入
DK
洗面
脱衣室
浴室
トイレ
和室1
ホール
仏間
下足入
和室2
和室3
押入
玄関
物入
物入
縁側

羽田野邸

普通は、オカルト絡みの相談をして建築士が訪ねてくるとは思わない。おそらく、除霊師的な肩書きを持つ人が来ると思っていたのだろう。

「たとえ心霊物件でも、そこが家である以上は建築士の領分です！　悪いことは言いません。天木に任せてみてください！」

力技な空橋の説得に、羽田野はやや押されながらも「わ、わかりました」と承諾してくれた。しかし、その諦《あきら》めたような表情からは、今更ごねたところでどうしようもないという本心が覗《のぞ》き見えていた。

各々《おのおの》が熱いお茶に口をつけ、少し心が安らいだところで、天木が本題を切り出す。

「早速ですが、羽田野さんを悩ます怪現象のことを話していただいてもいいですか？」

「は、はい。ええと、どこから話せばいいものか……」

頭の中を整理するようにこめかみの辺りを押さえながら、羽田野は言葉を紡ぎ始めた。

「俺がこの家に住み始めたのは、三か月ほど前からです。ここを選んだのは、そこらの1Kアパート並みの家賃で一軒家に住めるところに惹《ひ》かれたからですね。俺、キャンプが趣味なものでして、テントの試し張りや道具の天日干しができる庭付きの家にずっと憧《あこが》れていたんですよ」

「ああ、それで外にテントがあるんですね。あれも干しているんですか？」

納得しつつ、織家は尋ねる。

「あのテントは、家にいられなくなった時に逃げ込む用で張ったままにしているんです。

今日は皆さんの分のテントと寝袋も用意しているので、ご安心ください」

寧《むし》ろ不安になる発言に、織家は笑顔が引き攣《つ》るのを止められなかった。

「ここが事故物件であることは、白鳥さんから聞いていましたよね？」

空橋が問うと、羽田野は渋い顔で頷《うなず》いた。

「はい。ですが、借りるまではそんなこと一切気にしていなかったんです。それがいざ住んでみると、この有様でして……上手《うま》い話には、やはり裏がありますね。出て行きたいんですが、行く当ても金もなく……」

一頻《ひとしき》り落ち込むと、羽田野は誰にともなく問いかける。

「この家で起きる怪現象について、白鳥さんから何か聞いていますか？」

「夜になると、家のどこかから視線を感じると伺っています」

天木の回答を、羽田野は首をゆっくりと縦に振り肯定した。

「毎晩、確かに何者かの視線を感じるんです。女性の笑い声も何度か聞きました。もしかしたら、事故物件であることを気にし過ぎたせいで俺の頭が変になっているんでしょうか？」

頭を抱え、羽田野は酷《ひど》く後ろ向きな言葉を吐き出した。

オカルトとは、存在があやふやなものだ。それ故に、悪いのは霊の類《たぐい》ではなく、自分の頭なのではと感じる人は少なくない。大多数の人から言わせれば、その方が理に適《かな》ってしまうからだ。

幼い頃から霊が見えた織家も、同じように何度も自身を責めた経験があった。

「大丈夫ですよ。私たちは、羽田野さんが体験したことを信じます」

だから、声をかけずにはいられなかった。織家の言葉に顔を上げた羽田野は、どこか安心したように頬を緩めていた。

織家の行動を部下の成長と受け取ったのか、天木は嬉《うれ》しそうに口角を上げると、話を本筋に戻す。

「視線が送られてくる場所は、毎回決まっていますか？」

「いいえ。それこそ、家中どこからでも。だから、逃げ場がないんです」

「何か決まった法則などはありませんか？　こういうことをしていたら視線を感じるとか、この時間帯に必ず視線を感じるとか」

「……一つだけあります」

羽田野は、消え入りそうな声で「隙間です」と続けた。

「視線を感じる方向には、大小まちまちですが、必ず隙間があります。そして、視線は常にその奥から感じるんです。これは見間違いであってほしいんですが……隙間の向こうに、目のようなものが見えたこともあります」

羽田野邸は古さもあり、ざっと見渡しただけでも小さな隙間は至る所に見受けられる。これでは、たとえどの部屋に逃げたとしても、隙間から逃れることはできないだろう。

織家は、ここでふと思い至る。

「家中の戸やドアが全開なのは、ひょっとして隙間を作らないためですか？」

「そうです。どれもこれも建付けが悪いので、閉じると必ず隙間が生じてしまう。だから逆に開けたままにして、視線が送られてくる場所を少しでも減らしているんです」

話を聞きながら、織家は羽田野が玄関戸の開閉をやたら激しく行っていたわけを理解した。戸の開閉の瞬間にも、僅《わず》かな時間だが隙間は生じる。その一瞬すらも恐ろしい羽田野は、可能な限り素早く開閉を行っていたのだ。

本心では、玄関も開け放っておきたいことだろう。だが、それはさすがに防犯上無理があるので、諦めているのかもしれない。

「なるほど。隙間ですか……」

顎《あご》に手を添えている天木には、何か思い当たる節がある様子だ。「何か心当たりがあるのか？」と空橋が促すと、天木は持ち前のオカルト知識を披露する。

「隙間女という都市伝説を聞いたことはありませんか？」

問われた織家たちは、皆それぞれ顔を見合わせる。その挙動で知らないのだと受け取り、天木は話を続けた。

「簡単に説明しますと、やけに家の中で視線を感じると思いあちこち探した結果、家具の僅かな隙間の奥から女がこちらを覗き見ていた。というようなものです。江戸時代にはすでに酷似する話が民間伝承として広まっていたとする説もありまして」

「そっ、それって、この家で起きていることそのまんまじゃないですか！」

饒舌《じょうぜつ》になり始めた天木の説明を遮り、羽田野は驚嘆の声を上げる。自分の住む家に出る霊が都市伝説そのものだなんて、きっと今にでも卒倒しそうな気分に違いない。

「この物件で亡くなっているのは女性だと伺っているので、視線の主がその女性ならば、確かに隙間女そのものと言えます」

「隙間女は、なぜ隙間に現れるんだ？」

空橋が天木に問う。

「それを今から調査するんだ。理由がわかれば、解決への糸口も見えてくるかもしれない。羽田野さん。手始めに、家の中を見て回らせてもらってもいいですか？」

「ええ、それはもちろん……」

借主の許可を貰《もら》い、本格的に事故物件調査が始まった。

見て回ると言ったが、ありとあらゆる戸やドアは開け放たれているため、ほぼ全ての部屋が既に目に入っている。卓袱台のある部屋の隣には同じ八畳の広さの和室2があり、そこから北へ移動すると、押入れと床の間、出書院を備えた六畳の和室1に出た。

「ここは畳が綺麗《きれい》ですね」

織家は、和室1に対して率直に感じたことを口にした。他の二間と異なり、この部屋の畳はまだ青々としている。

「天井板も真新しいな」

天木も、織家に続いて感想を漏らした。

「白鳥さん曰《いわ》く、この部屋で例の殺人が行われたそうです」

何とも苦々しい顔で、羽田野はそう教えてくれた。

殺害方法は撲殺と聞いている。出血により畳が汚れたのは当然として、血飛沫《ちしぶき》が天井に届くほど凄惨《せいさん》なものだったのだろうか。過去のこの部屋で起きた悲劇を想像するだけで、居心地の悪さを感じずにはいられない。

ここからさらに西側には、縁側を挟んでパニックルームのドアがある。ドアは一目でわかる頑丈な金属製で、視線の高さに正方形の小窓が組み込まれていた。この小窓も、しっかりと二重構造になっている。

このドアに関しては閉じられており、四方がガムテープで目張りされていた。その見た目から実家の開かずの間のことを思い出し、織家は思わず身震いしてしまう。

天木が、率直な疑問を羽田野へ放った。

「なぜこの部屋だけは完全に封鎖しているんですか？」

「使うことがないからですよ。この部屋は出入り口が一か所しかないですからね。もし中に入った後でこのドアの隙間から視線を感じようものなら、俺は怖くて一生出られなくなってしまいます」

羽田野の言い分は理解できるが、いざという時のためのパニックルームに入れもしないというのは皮肉な話だ。

本心では、同じく出入り口が一か所しかないトイレや浴室や脱衣室も封鎖したいのだろうが、さすがにそれでは生活が成り立たないから諦《あきら》めているようだ。

一方から視線を感じても別の部屋に逃げることのできるこの家の続き間の造りは、羽田野にとっては唯一の救いだったのかもしれない。

「中を確認してもいいですか?」

「目張りを元通り戻してくれるなら構いませんよ」

許可を得てすぐに、天木はガムテープをバリバリと剝《は》がし始めた。隙間を恐れる羽田野は、その場できつく目を閉じている。ドア枠に粘着跡がかなり残ってしまっているが、彼は恐怖のあまりにここが借家であることを忘れているのではないだろうか。

開け放たれたパニックルームの中は、閑散としていた。荷物などは何もなく、防犯目的で造られたこの一室には窓がない。照明をつけなければ、日中である今も真っ暗だ。唯一、空気を取り込むための給排気口は天井付近の壁に備わっている。

ドアの内側には、当然ながら内鍵《うちかぎ》が付いていた。内壁はシンプルな白い壁紙で、各面にコンセントが一つずつ埋め込まれている。他には特別語ることのない、たったこれだけの部屋だ。

「外との連絡手段が設置されてないですね」

部屋の中に入り、織家は気づいたことを口にする。

天木はパニックルームについて説明した際、室内から外部に助けを求められる連絡手段が備え付けられているものだと言っていた。

「まあ、スマホを肌身離さず持つ時代だからな。費用もかかるし、不要と判断したのだろう。ウォークインクローゼットなどのドアを強固にして内鍵を付け、簡易的なパニックルームとなることを売りにしている物件も存在するくらいだ」

いろいろと考えられているものだなと感心しつつ、パニックルームを出る。ドアを閉じて、羽田野から言われていた通りにガムテープで四方を塞《ふさ》いだ。

「さて、これからどうします？」

空橋が、腕を組みながら皆に意見を求めた。少し考えた後、天木が口を開く。

「夜を待つしかないでしょう。羽田野さん、一晩泊めさせてもらってもいいですか？」

「それはもちろん！　俺も心強いです！」

ということで、いつも通りの流れとなった。隙間女は、果たして今夜現れてくれるのだろうか。

◆

晩秋の日の入りは早く、夕方五時を目前に夜の帳《とばり》が下り始める。それまでに食べ物や飲み物をしこたま買い込んできた織家たちは、卓袱台《ちゃぶだい》のある八畳間にて隙間女が現れるのを静かに待つ――はずだったのだが。

「なーにがオバケだ！　そんなもんね、怖くないんですよ俺は！」

一時間もすれば、羽田野はすっかり出来上がっていた。周囲には、高めのアルコール度数の書かれた空き缶が転がっている。飲まなければやってられないのだろうが、この調子では羽田野は霊が出るより早く眠ってしまいそうだ。

「いいぞ羽田野さん！　もっと言ってやれ！」

顔が真っ赤になっている空橋は、頭上で手を叩《たた》きながらけらけらと笑い、羽田野をけしかけている。彼はホスト経験者だから酒には強いと言い張っているが、ログハウスの時といい、織家にはどうにもそうは思えない。

「霊が出る雰囲気ではないな」

一方で、そう呟《つぶや》く天木は本当に酒に強い。二人に引けを取らない量を飲んでいるにも拘《かか》わらず、普段と何ら変わらない顔色とテンションを貫き通している。

「お酒に酔うって、どんな感覚なんですかね？」

「さあな。僕はほとんど酔ったことがないから、よくわからない」

織家の未成年だからこその質問に答えると、天木はグラス代わりの湯呑《ゆのみ》に残っていたビールを飲み干した。

「私も来年は二十歳なので、今から楽しみです」

「何となくだが、君は悪酔いする気がするな」

「そ、そんなことないですよ……たぶん」

「まあ、何にせよ程々が一番だ。ああはなりたくないだろう？」

天木は、肩を組んで童謡の『おばけなんてないさ』をうろ覚えの歌詞で歌い始めた空橋と羽田野を指さす。あの輪の中に自分が加わっている姿を想像するだけで、顔から火が出そうなくらい恥ずかしかった。

二人のへたくそな歌を聴きながら、織家はここ最近気になっていたことを天木に切り出した。

「最近どうですか？　その……白い家の調査は」

「君もお察しの通り、暗礁に乗り上げているよ」

天木の目の隈《くま》が消えている現状から、調べることすらなくなってしまったことは察していた。案の定の返答に、織家は肩を竦《すく》める。

「私も、どんな可能性があるのか考えてみたんです。とはいえ、私が思いつくことなんて既に天木さんが全部調べているでしょうけど」

「よければ、聞かせてくれ」

天木に求められ、織家は控えめに口を開いた。

「白い家や敷地に関しては、天木さんが散々調べていますよね？　それで何も摑《つか》めないということは、原因は白い家以外の場所にあると思うんです」

「僕も同意見だ。だから、近隣の家にも何度か聞き込みを行っている。もちろん全ての家の人が快く対応してくれるわけではないから、調査が十分とは言えないだろうが」

いきなり訪ねてきた人に「この家で怪現象は起きていませんか？」などと問われたら、

大抵の人は不審人物と思うだろう。天木はもっと上手《うま》い具合に話を切り出しているだろうが、それでも近隣住民全員から事細かに情報を引き出すのは不可能に近い。

「近隣の人たちが隠したい情報を探る方法の一つが、事故物件情報サイトだと思います」

「ああ。だが、あの住宅地で印がついている物件は白い家のみだ」

そのことは、織家自身も過去に調べたことがあるので知っていた。

もちろん捜索範囲を広げれば、事故物件であることを示す炎のマークがついている物件はいくらでも出てくる。横浜は都会なだけあって、事故物件の数も相当ある。それらのうちのどれかにもしかすると白い家と因果関係のあるものが含まれているかもしれないが、一軒一軒調べていては一生かけても終わらないだろう。

「他に考えられるのは、白い家に住んでいた人が余所《よそ》で霊に憑《つ》かれて、そのまま連れて帰ってきたパターンでしょうか」

「その可能性も捨てきれない。だが、君の目撃談によると加納《かのう》さん……白い家の施主が住み始める前から、あの家には霊が潜んでいたことになる」

「あっ」

確かに、そうである。他の誰でもない織家自身が、加納家が引っ越す前の住宅完成見学会の日に霊を目撃している。もっとも、加納夫妻の出入りは完成前からあっただろうから、連れてきた可能性はゼロではないだろうが。

しかし、それを言うなら霊を連れ帰った可能性があるのは、天木を含めた白い家に携わる建築関係者全員と、住宅完成見学会に来た客も候補に入る。当然、織家自身も含めての話だ。

　この可能性に関しても、先ほどと同じく考え出すときりがない。心霊スポットでなくとも街中に霊はいるし、どんな理由で憑かれるのかなど知る由もない。

　可能性を広げれば広げるほど、疑問は際限なく増えていく。白い家を解決に導くには、決定打となる有力な情報が必要だ。

　それを見つけ出せる可能性がもっとも高いのが、実際に白い家の霊と遭遇している織家である。なのに、何の成果も出せていない。そのことが、歯痒《はがゆ》くて仕方がなかった。

「……天木さん。やっぱりもう一度霊感テストを」

「それは駄目だと言っただろう」

「なら、白い家を見に行ってきます。以前に一人で行った時、玄関から手が出てきたことがありますし」

　実家の開かずの間の調査へ赴く数日前に、織家は雨の降る中白い家を訪ねたことがある。その際、門扉の外から眺めていると金縛りになり、僅《わず》かに開いた玄関の隙間から手が出てくるのを目撃していた。

「……手を見た？　なぜもっと早く教えてくれないんだ」

　声を荒らげてこそいないが、天木は怒っているようだった。織家としては以前に話したつもりだったのだが、どうやら初耳だったらしい。

「す、すみません」

「それで、どんな手だった？　男性か女性か、子どもか老人か」

食い気味に尋ねてくる天木を両手で制しながら、織家は玄関から覗《のぞ》いた手のことを思い返す。しかし、手を見たのは門扉の外からだったうえに、雨も降っていた。強い恐怖心にも襲われていたので、手の特徴を記憶するような余裕はなかった。

「ごめんなさい。間違いなく人の手だったということしかわかりません……」

期待外れだったのだろう織家の返答に、天木は「そうか」とだけ呟いた。

「ですから私、もう一度一人で見てきます。今度こそ手の特徴を覚えてくるので」

「駄目だ」

天木は、あんなにも情報を欲しがっていたにも拘《かか》わらず、織家の提案を拒絶した。

「何でですか？」

「複数人で行くならまだしも、一人で行くのは危険すぎる」

「でも、前に天木さんと一緒に行った時は出てきませんでしたし」

三か月という織家のバイト期間が満了する日の夜、天木は織家を連れて白い家を訪れていた。あの時も門扉の外から中を覗くだけだったが、玄関から手が現れることはなかった。

「いいか、織家くん。僕は霊に遭遇する可能性の話をしているのではない。単純に、君が危険に陥るかもしれない行動は承諾できないと言っているんだ」

真剣な顔で、天木はそう説いた。嬉《うれ》しい言葉であることに違いはないが、織家は反発する。

「私だって、白い家を救う助けになりたいんです。だからバイトも継続しましたし、危険を伴うかもしれない事故物件調査にもこうして同行してるんです」

「その心意気は嬉しく思うし、ありがたいとも感じている。僕はどんなに望んでも、霊を見ることができないからな。しかし、目的に振り回されて一人で危険な行動に打って出るのは間違っている。白い家に次いで、大切な助手まで失いたくはない」

大切な助手。その言葉を数秒かけて飲み込んだ織家は、次第に自分の顔が火照《ほて》っていくのを感じた。そんなふうに思ってくれていたのかと気恥ずかしくなり、天木と目を合わせることができなくなる。

素面《しらふ》のような顔をして、実のところ天木も酔っているのではないだろうか。そんなことを考えていた、まさにその時だった。

「――？」

感じるのだ。視線である。どこかに潜む誰かに瞬《まばた》きもせず見つめられているような、居心地の悪い感覚だ。人の第六感とも呼ばれるそれが、不快指数を一気に上昇させる。

「どうした、織家くん？」

「……視線を感じます」

この視線も怪異の一種だからか、天木は何も感じないらしい。酔っ払い二人に関しては、注意力が散漫になっているのも原因だろう。——いや、もしくは霊が織家を見つめているから、織家しか気づけていないのかもしれない。

視線は、背後から送られている気がした。室内には天木たちがいるうえに、照明もついているのでそれほど恐怖は感じなかった。織家は天木に向かって小さく頷《うなず》くと、覚悟を決めて振り返る。

後ろには、襖《ふすま》が開け放たれたままの押入れがあった。中には当然、荷物が入っている。織家が視線を吸い寄せられたのは、ダンボール箱と壁との間にある三センチほどの隙間だった。その奥は、押入れの中とはいえ不自然に思えるほどの暗闇が生まれている。

織家は四《よ》つん這《ば》いになり、そこへゆっくりと顔を近づけていく。その行動で、隙間女が出たことを察したのだろう。いつしか、空橋と羽田野が歌う声はぴたりと止《や》んでいた。

少し肌寒いくらいなのに、額から汗が滲《にじ》み出るのを感じた。なるべく音を立てないように、織家はそっと隙間を覗き込む。

——そこで、二つの眼球と目が合った。

「きゃあぁっ！」

悲鳴を上げて後退《あとずさ》った織家は、後ろにいた天木とぶつかり止まった。隙間に潜んでいた眼球は「ふふっ」とか細い笑い声を残すと、闇に溶けるようにして消えていく。

「織家くん。何か見えたのか⁉」

「はっ、はい。目が二つ、縦並びに……そして、笑い声を残して消えました」

報告している間、羽田野は織家の方へ青ざめた表情を向けていた。隙間女が現れたことに恐怖しているのかと思ったが——違う。彼は、目をきつく閉じると大声で訴えた。

「まだいる！　視線を感じる……っ！」

直後、織家も羽田野の後ろにあるダイニングキッチンのゴミ箱の隙間から向けられる視線を確かに感じた。

しかし、そこに目を向けた途端に気配は消えてしまい、どこからか「あはは」と消え入りそうな女性の笑い声が聞こえてきた。

「また消えました。確かにあそこにいたはずなのに……」

「い、いつもそうなんだ！　俺も何度か勇気を出して隙間を覗き込んだことがあるが、途端に笑い声だけを残して気配が消えてしまう。そして、また別のところから視線を送ってくるんだ。俺を嘲笑《あざわら》うように！」

羽田野の言う通り、隙間女は押入れからダイニングキッチンまで一瞬で移動していた。

そして、移動する様子を織家は目撃していない。

「……隙間女は、隙間から隙間へ自由に移動できるのか？」

天木が推測を呟《つぶや》いたところで、またもや視線を感じた。織家がテレビの隙間へ目をやると、途端に気配はなくなってしまう。すると、今度は羽田野が「ひいぃ」と悲鳴を上げて、エアコンと天井の隙間を指さした。そこへ目を移すと案の定気配が消え、また異なるところから視線を送られる嫌な気配を感じる。

今のところ実害はないが、これは堪《たま》ったものではない。「一旦《いったん》外へ出よう」という空橋からの提案に乗り、一同は玄関から庭先へと避難した。

そしてそのまま、羽田野が用意してくれていたテントと寝袋で一夜を明かすことになった。

◆

翌朝。

テントの生地をすり抜けて差し込む朝日で目覚めた織家は、寝袋から抜け出して大きく伸びをした。思いの外よく眠れたのは、道具がいいものだからなのだろうか。固まった肩回りを解《ほぐ》してから、昨日買っておいた朝用のスキンケアマスクを貼る。これ一つで洗顔、化粧水、乳液を済ませられる優れものだ。その後に下地とファンデーションと眉《まゆ》を描くだけの簡単なメイクを済ませて、テントを出る。

辺りを見渡すと、空橋が既に起きていた。彼は目をしょぼしょぼとさせながら、両手を前方に突き出してわしゃわしゃと動かしている。

「おはようございます」

「おはよー、織家ちゃん」

「その手、どうかしたんですか？」

「ん？　ああ、毎朝ヒゲ丸を撫《な》で回して一日が始まるから、どうにも手が寂しいんだよね」

なるほどと、織家は謎の行動の理由に納得する。

羽田野ももう起きており、小型のガスコンロとフライパンで朝食を作ってくれていた。庭先でも、意外とキャンプっぽい雰囲気が味わえるものだ。霊に家から追い出されたという事情を除けば、結構楽しいかもしれない。

「天木さんは？」

「まだ寝てるよ」

そう言って、空橋がオレンジ色のテントを指さす。テントは全部で三張りだったので、天木と空橋で一張りを使い、残る一張りを羽田野、もう一張りを織家が使っていた。

「起こしてきてあげなよ」という空橋の顔は、悪戯《いたずら》っ子のような笑みを浮かべていた。

そういえば、天木の寝顔は見たことがない。興味を持った織家は、忍び足でテントに近づくとジッパーを開いて中に入った。

天木は、直立不動のような格好でもこもことした寝袋に収まっていた。口を横一文字に閉じ、静かに寝息を立てている。だらしない寝姿を期待したが、天木は眠っている時もきっちりしていた。

とはいえ、寝袋から顔だけ出している姿というのは、誰であってもちょっと面白く見える。悪戯心が刺激され、織家はポケットからスマホを取り出した。

「織家くん」

そこで、ぱちりと目を開けた天木に声をかけられる。織家は、慌ててスマホを後ろに隠した。

「お、起きてたんですか天木さん⁉　撮ろうとなんてしてないですよ？」

「何の話だ？」

どうやら、寝顔を写そうとしたことはバレていないようだ。織家はほっと胸を撫で下ろす。

「起きてるなら、寝ているふりなんてしないでくださいよ」

「いや、ずっと考えていたのだ。羽田野邸から隙間女を撃退する方法を」

この様子では、夢の中でまで考えていたのではないだろうか。依頼者のために一生懸命になるのは素晴らしいことだと思うが、白い家の調査といい、休むべき時はしっかり休まないと体調を崩さないか心配になる。

「それで、何か思いついたんですか？」

「まあな」

内側から寝袋のジッパーを開け、天木は蛹《さなぎ》の羽化のように身を起こす。そして、嬉《うれ》しそうに宣言した。

「さあ、今日は忙しくなるぞ」

◆

「はい、追加分お待ち！」

出前のようなテンションで羽田野邸に帰ってきた空橋が、両手に提げている丸々と膨らんだポリ袋をどさりと下ろした。袋には某有名ホームセンターの店名がプリントされており、中には黄緑色をした養生テープが大量に入っている。

「お疲れ様です」

ちょうど玄関ホールで作業していた織家は、空橋に労《ねぎら》いの言葉をかける。その間に天木と羽田野も玄関にやって来て、袋の中からテープを数個取るとそれぞれの担当箇所へ戻っていった。

空橋もテープを抱えて「よっしゃ！」と洗面脱衣室に向かっていく。その背中を見送ってから、織家も自分の仕事に戻った。

織家たち四人が行っているのは、天木の発案による隙間女への対策である。その内容は、極めてシンプルだ。剝《は》がす際に跡が残りにくい養生テープを用いて、家中の隙間という隙間を塞《ふさ》いでいくのである。

家具と壁の間はもちろん、冷蔵庫の下や本棚の僅《わず》かな空間など、隙間は徹底的にテープで目張りした。しかし、それだけでは終わらない。

床板や天井板のずれに始まり、壁の塗り材のひび割れ、果てはテレビのスピーカーの穴から、コンセントの差し込み口に至るまで。隙間女がどの程度の隙間であれば移動できるのか不明なので、隙間と捉《とら》えることのできる部分はとにかく養生テープで覆っていった。

「ん?」

畳と畳の隙間を目張りしている時、織家は何かが挟まっているのを見つけた。羽田野からハサミを借りて取り出してみると、それは黄色いギターのピックだった。

「これ、羽田野さんのですか?」

「いや。ギターなんて、触ったこともないですよ」

ということは、以前の借主の誰かか、この家の持ち主の物なのだろう。人の物となると無暗《むやみ》に捨てるのも憚《はばか》られたので、とりあえず卓袱台《ちゃぶだい》の上に置いておく。

「それにしても、なかなか終わりが見えてこないですね」

羽田野の言葉に、織家は同意した。些細《ささい》な空間を全て隙間として捉えているので、いくら貼ってもきりがない。使い終わった養生テープの芯《しん》は、部屋の片隅で積み重なり山のようになっていた。

「実は、この方法って俺も最初に思いついたんですよ」

隙間に現れるのだから、隙間を塞いでしまえばいい。真っ先に思いついても不思議ではない、単純明快な解決方法である。

「なぜ実行しなかったんですか？」

「そりゃあ、しませんよ。こんな家じゃ、まともに生活なんてできない」

扉の開かない家具家電に、塞がれた風呂《ふろ》の排水口。そして、歩くたびにテープの粘着部分がみちみちと音を立てる床。仮に隙間女が出なくなっても、まともに暮らせなくなるなら意味がない。

「天木さんの考えは、上手《うま》くいきますかね？」

羽田野の声からは、不安が感じられた。

「絶対上手くいく……とは、正直言えません。今は、やれることをやってみましょう」

「……そうですね！」

元気を取り戻した様子で頷《うなず》くと、羽田野は張り切って作業へと戻っていった。

◆

朝から始めた隙間を塞ぐ作業が完了したのは、午後四時を迎えた頃だった。

「んじゃ、俺は一旦《いったん》抜けるから」

至る所が養生テープの黄緑色に浸食された家の中を満足そうに眺めながら、空橋はそう告げた。

「空橋さん、帰っちゃうんですか？」

「そうじゃないんだけど、天木の頼みで白鳥不動産へ聞き込みに行くんだ」

空橋の方に同行したいと思ったが、織家は首を横に振って自身の考えを否定する。怖いからといって逃げていては、白い家を救うなど夢のまた夢である。

そんなことを思っていると、羽田野がすっと手を挙げた。

「あ、俺も空橋さんについて行きたいです！」

ずるいと言いかけた口を、織家は慌てて両手で押さえる。

「いや、でも、家主のいない家に部外者の私と天木さんだけで残るのはどうかと」

「問題ないです。俺、二人を信頼してるので！」

爽《さわ》やかな顔で言っているが、隙間女との遭遇を避けたいという狙いは明白だった。

「まあ、被害者である羽田野さんも空橋に同行した方が、何かと都合がいいかもしれないな」

天木が横から羽田野に加勢した。

現に、今回の事故物件調査は羽田野の訴えが白鳥不動産に通ったからこそ依頼されている。聞き込みを行ううえで、彼も一緒の方が白鳥も罪悪感から口が軽くなるかもしれない。

隙間女への対応は、策を練った天木と霊が見える織家がいれば問題ない。となれば、引き留める理由は見当たらなかった。

というわけで、織家と天木の二人きりで二度目の夜を待つことになる。近場の銭湯で汗を流し、早めの夕食を摂《と》り、お手洗いなどもしっかりと済ませてから、二人は羽田野邸の中へと戻った。

玄関に入り、引き違いの戸を内側から目張りする。これで羽田野邸の隙間塞ぎは、思いつく限り全て完了した。そして、ここからが本番である。

天木は、玄関の下足入れの上にある引き違い窓に手をかけた。ここももちろん目張りされているが、その一部を剝ぎ取ると、僅かに窓を開く。透明ガラスの向こうに見える灰色の景色から、ひんやりとした風が流れ込んできた。

「これで、この家に存在する隙間はこの窓のみ。隙間女は、ここにしか現れることができないはずだ」

これこそが、天木が提案した策だった。隙間女は、移動する様子を織家が目視できなかったことから、隙間から隙間へと瞬間移動しているのではないかと天木は推測した。これは逆に言えば、隙間を絞ることで隙間女を任意の場所に出現させられるということになる。

かといって、狙い通りに現れてくれるとは限らないのだが。

「……暇ですね」

窓を見張り始めて、約二十分。織家は、他人事《ひとごと》のようにそう呟《つぶや》いた。

玄関にいるので、テレビを観ながら気長に待つわけにもいかない。トイレは目と鼻の先にあるのだが、隅々まで目張りしており使える状態ではないので、我慢できない時は近場のコンビニのトイレを借りることになっている。玄関の目張りは、また貼り直せばいい。

ずっと窓に集中していても、心身共に疲れてしまう。視線を感じれば昨日と同様に気づくだろうということで、織家はスマホを弄《いじ》り始めた。これなら、いつ現れるかわからないという恐怖心からも気を逸《そ》らせるだろう。

「観てくださいよ、天木さん。この動画、可愛いですよ」

織家が見せたのは、お昼寝中の猫が漫画のような鼻提灯《ちょうちん》を作っている動画だ。何度見てもくすりときてしまうのだが、天木は再生が終わるまで無表情を貫いていた。

「……天木さんって、猫嫌いなんですか？　ヒゲ丸が来てもいつも無反応ですし」

「別に嫌いではない。前にも言ったが、猫アレルギーなんだ。下手に触ろうものなら、くしゃみが止まらなくなる」

動画であれば、アレルギーは関係ないと思うのだが。

「天木さんは、そもそも動画サイトとかあまり観そうにないですもんね」

「そんなことはない。結構な数のチャンネルを登録しているぞ」

これは、織家にとって意外な返答だった。だが、動画サイトには数えきれない程のチャンネルが溢《あふ》れており、誰が観ても何かしら刺さるチャンネルがあるものだ。天木は、普段どのような動画を見ているのだろうか。

「気になるか？」

どうやら、尋ねたい意思がわかりやすく顔に出ていたようだった。天木はスマホを取り出すと、動画サイトのアプリを開き登録しているチャンネルの一覧を表示したスマホを手渡してくれた。

チャンネルのアイコン画像は、眼鏡をかけたおじさんもいれば、やんちゃそうな若いグループや、和服を着た日本美人もいる。そして、全てではないものの、大抵のチャンネル名には『心霊』『オカルト』『怪談』などの単語が含まれていた。

結局、天木が興味を惹《ひ》かれるジャンルはこれなのだ。

「想像通りという顔をしているな」

「否定はしませんが……でも、天木さんは何となくこういうのは観ない気がしてました」

「なぜだ？」

「だって、こういうのっていわゆるエンタメとしてのオカルトじゃないですか。再生数のためにやらせをする人も一定数いるでしょうし」

「そういう輩《やから》もいるだろうが、こういったチャンネルを好むオカルト好きは目が肥えている。チャンネルが伸びる投稿者は、すべからくオカルトと真摯《しんし》に向き合っている者たちだ。そういう人たちの意見は参考になるし、学べることも多い」

そういうものだろうかと、織家は考えを改めつつスマホを返した。天木がそこまで言うのなら、オカルト系のチャンネルを覗《のぞ》いてみるのも勉強になるのかもしれない。

「おすすめのチャンネルってありますか？……あんまり怖くないので」

「怖いのでよければいくらでもあるぞ。例えばそうだな」

天木が登録チャンネルの画面をスクロールし始めたところで――彼女は現れる。

最初に感じたのは、やはり視線だった。そしてそれは、下足入れの上にある窓の方からひしひしと伝わってくる。

「織家くん？」

表情から隙間女の出現を察したらしい天木は、織家の後ろにある窓の方を見た。しかし、反応を見るに何も見えたり感じたりはしていないようだった。

そこに恐怖が待ち構えていることはわかっている。だが、解決のためにも振り向かなければならない。寿命を縮めるかのように高速で脈打つ心臓を押さえながら覚悟が決まるのを待っていると、天木が声をかけてきた。

「大丈夫だ、織家くん。僕がここにいるぞ」

そうだ。今、自分は一人きりではない。霊という存在を認め、共に立ち向かってくれる天木が目の前にいる。その言葉に勇気を貰《もら》った織家は、唇を結ぶと一気に後ろを振り返った。

「――っっ!?」

窓の外には――女がいた。

隙間女は暗い隙間に潜むので、昨晩はその姿を眼球しか捉《とら》えることができなかった。

しかし現在、彼女は透明ガラスの窓の隙間からこちらを覗いている。故にその全貌《ぜんぼう》は、ガラス越しに露《あらわ》となっていた。

着ている服は凝った装飾の形跡が残っているが、ボロ布と形容するのが正しいほどに傷んでいる。ボサボサの黒い髪の毛は、腰ほどまでと長かった。

まるでヤモリのように窓に張り付く彼女は、首を九十度に曲げて隙間からこちらを両目で覗いている。頭部は右側が陥没しており、そこから溢れる血が顔の右半分を赤黒く染め上げていた。

ここで亡くなった女性の死因は、撲殺と聞いている。おそらくは、頭を殴られたのだろう。

縦に並ぶ二つの眼球と、目が合う。途端に、隙間女は目が覚めるほど赤い唇を歪《ゆが》ませて「ふふっ」と笑い声を漏らした。

駄目だ――怖い。なのに目を逸《そ》らすことはできず、恐怖で縮こまった喉《のど》からは悲鳴の一つも出てこない。次第に呼吸もしづらくなり、満足に空気を取り込むことすら難しくなっていく。

その時、隙間女の姿が消滅した。天木が窓を閉めたのである。彼はクレセント錠をかけると、窓を手早く目張りした。

「大丈夫か、織家くん！　隙間女はまだ見えるか？」

「はぁ……はぁ……い、いえ。窓を閉めたら消えました」

「やはりそうか。隙間女が隙間から隙間に移動しているということは、逆に言えば彼女は隙間がなければ存在できないということになる」

だからこそ、一か所だけ残した隙間に女を誘導することができた。そして、事前に織家が聞いていた天木の策はそれだけではない。

窓の隙間から室内を覗くには、外へ出る必要がある。そして今、隙間女は窓を閉められたので外へ締め出されたことになる。

「怪異譚《たん》の中には、招かれなければ家の中に入ることのできない霊の話が多々ある。吸血鬼などは特に有名だろう。だから霊たちは自分の姿を家族と誤認させたり、声を真似たりなどして侵入を試みる。外に弾《はじ》き出すというのは、霊によっては有効手段と成り得るのだ」

もっとも、それは隙間女が招かれなければ入れないタイプの霊であればの話である。織家が落ち着くのを待ってから、天木は下足入れの戸に貼り付けている養生テープを剝《は》ぎ取り、わざと隙間を作った。ここに彼女が現れなければ、追い出しは成功したと捉えることができるだろう。

「――あはは」

しかし、剝がしたそばから織家の耳には女の笑い声が聞こえてきた。下足入れの隙間から感じる強烈な視線に、先ほどの悍《おぞ》ましい姿がフラッシュバックして、堪《たま》らず目を閉じて顔を伏せる。

「……失敗か？」

織家の反応で、策が通じなかったことを察したのだろう。天木の質問に頷《うなず》くと、彼はすぐに玄関のテープを剥いで外へと連れ出してくれた。隙間女に支配された家を見上げると、無力感が押し寄せてくる。羽田野は、きっと何度もこの気持ちを味わっているのだろう。

「霊の姿は見えたか？」

「ええと……はい。ぼさぼさ髪の女の人で、陥没した頭から血が流れていました」

織家の説明で、天木も隙間女の容姿を想像してしまったのだろう。彼は眉間《みけん》に皺《しわ》を寄せながら「それはまた、酷なものを見せてしまったな」と謝罪した。

その夜も、またテントと寝袋のお世話になることになる。目を閉じるとどうしても隙間女の顔を思い出してしまい、織家はなかなか寝付くことができなかった。

◆

翌朝。目を覚まして視界に飛び込んできたカーキ色の布地で、織家は自身がテントの中にいることを思い出した。寝袋から抜け出すと、昨日と同じ段取りで簡単な肌のお手入れと化粧を済ませ、出入り口のジッパーを開いて外へ出る。

羽田野邸の庭にいたのは、天木だけではない。白鳥不動産へ聞き込みに行っていた空橋と羽田野の姿もあった。

「お二人共、戻ってたんですね」

「おはよー織家ちゃん。朝食を買ってきたから、一緒に食べよう」

空橋が差し出したポリ袋には、レタスとハムが挟まったサンドイッチとパック牛乳が入っていた。包装を見るに、コンビニで買ってきたものだろう。昨日の朝食は羽田野お手製のキャンプ飯だったので、今日はお預けかとこっそり落胆する。

「ええと……昨日の結果はもう天木さんから聞いた感じですか？」

折りたたみチェアに腰掛けてから、織家が誰にともなく問う。頷いたのは、羽田野だった。

「目張り作戦は失敗だったみたいですね。まあ、この家は外側も隙間だらけだから、中へ戻る道はいくらでもあるんでしょう」

「なら、今日は外壁の隙間を塞《ふさ》いでみますか？」

「いや、それは止《や》めておこう」

織家の提案を制したのは、天木だった。

「予報によると、今夜から天気が崩れるらしい。いくらテープを貼っても、それが捲《めく》れたら隙間となる。それに、厳密に言えば天井裏や床下、壁の中に至るまで目に見えない隙間はいくらでもあるのだ。拘《こだわ》り出せばキリがない」

つまり、目張り作戦は完膚なきまでに失敗ということだ。剝がす作業のことを考えると、織家は早くも憂鬱《ゆううつ》になる。

「空橋さんたちの方は、何か収穫があったんですか？」

「白鳥不動産の資料やパソコンを可能な限り見せてもらったんだけど、役立ちそうな情報は特になかったよ。まあ、殺人に関する資料を不動産屋が持ってるわけもないんだけどさ」

それなら、なぜ昨日は白鳥不動産へ出向いたのだろう。その疑問は、すぐに払拭《ふっしょく》されることになる。

「だが、例のものは手に入れてくれたんだろう？」

天木が尋ねると、空橋は自慢げに「もちろん」と一枚の紙を取り出した。メモ用紙を千切ったもののようで、そこには携帯電話の番号らしき数字が書かれている。

「それは？」

「この家の持ち主の桐原《きりはら》さんの連絡先だよ。顧客の個人情報だから白鳥さんにはかなり渋られたけど、一晩飲み明かせば口も軽くなるもんだよね」

なるほど。これは確かに、人との距離を縮めるのが上手《うま》い空橋が受け持つべき仕事だ。殺人が起きた当時この家に住んでいた持ち主に話を聞くことができれば、隙間女について有力な情報が得られるはずである。

だが、元自宅で起きた殺人事件についてなど、あまり話したくはないだろう。ましてや、見ず知らずの番号からかけてきた他人相手に語ってくれるとはとても思えない。

メモを受け取った天木は、そんな織家の不安など余所《よそ》にスマホへ番号を打ち込む。

「ちょっと失礼」

そう言って立ち上がると織家たちから距離を取り、桐原と話をし始めた。通話は五分ほどで終わり、天木が戻ってくる。

「アポが取れました。今日の昼の二時に新宿の喫茶店です」

「……よく承諾してもらえましたね」

織家は素直に驚いて見せる。

「難しくはない。きちんとこちらの身分を明かし、白鳥不動産から依頼を受けたことを伝え、解決への手助けを申し出ただけだ」

「……それだけですか？」

疑いの目を向けると、天木は言葉を続ける。

「あとはそうだな。家を褒めた。こんなにいい家が事故物件として蔑《さげす》まれ、家賃も安いのはもったいないと」

長年愛用した道具に愛着が湧くのと同じように、家も住み続けるうちに体に馴染《なじ》んでいくものだろう。褒められたら嬉《うれ》しいし、貶《けな》されたら悲しい。殺人が起きたからといっても、ここは桐原家の思い出が少なからず詰まった家なのだ。その家をどうにかしようと動いてくれている人がいるのなら、協力しようという気になっても不思議ではないのかもしれない。

「あまり大人数で押しかけるのも何なので、喫茶店へは僕と織家くんで行ってきます」

「そうしてもらえると助かります。平日に二連休しちゃったんで、俺も今日はさすがに出社しないといけなくて」

　羽田野がおずおずと申し出た。

「俺もいい加減戻らないとヤバいわ。もう手伝えることもなさそうだし。ごめんな天木、織家ちゃん」

　次いで、空橋も両手を合わせて謝ってきた。天木は黙って頷く。

「羽田野さん。帰りはいつ頃になりそうですか？」

「午後六時までにはどうにか。もし早く戻れたら、養生テープを剝いでおきますね」

「いえ、そのままにしておいてください。まだ使い道があるかもしれませんので」

　天木は、本来受け入れていいはずの羽田野の申し出を断った。ひょっとすると、彼にはもう次の策が見えているのかもしれない。

◆

　中央線で新宿まで戻り、迷宮のように入り組んだ構内を天木の後にぴったりとついて歩く。もしはぐれたら、もう二度と会えそうにない。

　新宿という場所の魔力がそう見せるのか、行き交う女の子は皆お洒落《しゃれ》で可愛く見えた。

　そんな彼女たちからしても天木は魅力的なようで、視線を集めていることが傍から見ている織家にはよくわかった。

途端に自分が彼の傍を歩いていることが恥ずかしくなり、次第に距離が離れていく。そのことに気づいた天木が立ち止まり、こちらを振り返った。

「どうした織家くん。疲れたのか？　運動不足だな」

「ち、違いますよ！」

そのからかうような一言で、抱えていたもやもやが一気に馬鹿らしくなった。走って追いつくと、天木は「はぐれるなよ」と心なしか優しい口調で告げて歩みを再開した。

待ち合わせ場所である喫茶店は、無限に分岐しているかのような駅の出口のうちの一つから抜け出してすぐのところに立っていた。

こぢんまりとした三階建てのビルの一階で、トマトのように真っ赤な庇《ひさし》テントが目印のようだ。外にあるメニュー看板には美味《おい》しそうなモーニングプレートの写真が載っているが、提供時間はとうに過ぎているだろう。

中に入り、店員に予約している桐原という名を告げると、一番奥のテーブル席へと案内された。まだ桐原は来ていないらしい。ハート形のユニークな壁掛け時計が示す時刻は、午後一時五十分を指していた。

桐原が来ることを踏まえて、天木と織家は横並びで椅子に座る。程なくして、テーブルにお冷と温かいおしぼりが運ばれてきた。注文は待ち人が来てからと伝えると、店員は丁重に頭を下げて去っていった。

「さて、織家くん。先に伝えておくことがある」

　おしぼりで手を拭《ふ》いていると、不意に天木からそう切り出された。

「何ですか？」

「僕がかけた電話だが、話した相手は大人の男性だった。おそらくは、旦那《だんな》さんだろう」

「それが何です？」

「よく思い出してみろ。羽田野邸に出る隙間女を撲殺したのは誰だった？」

「それは桐原家の旦那さんで……あっ」

　ここで織家は、天木が言いたいことに気づいた。

　事務所で空橋から聞いた情報によると、あの家の中で女性を撲殺した人物こそが、桐原家の夫である。しかし、それはおかしい。

「事件は約四年前なんですよね？　殺人を犯した人って、そんなに早く出て来られるんですか？」

「いや、殺人罪の場合は少なくとも五年以上の懲役刑となる」

「なら、天木さんの勘違いじゃないですか？　たとえばほら、電話口に出たのは桐原家の祖父や親戚《しんせき》の男性だったとか」

「それはない。最初に携帯の電話口に出たのは奥さんだったから、普段あの家に関する白鳥不動産とのやり取りは、奥さんが行っているのだろう。僕が話をすると、奥さんは『あなた』と言って男性に電話を替わった」

それは確かに、夫と替わったように思える。

「それでもほら、離婚して今は別のパートナーがいるのかもしれませんよ？」

「それもない。奥さんは開口一番『桐原です』と言っていたからな」

「婿入りしたなら、奥さんの苗字《みょうじ》が桐原なのかもしれません。何より、服役しているはずの人が電話に出るわけないじゃないですか」

「よく考えてみろ」

天木の試すような視線を受けて、織家はお冷の水面を見つめながら考える。殺人を犯した人が、刑期を終える以前から普通に暮らすことのできる方法があるだろうか。

真っ先に思いついたのは脱獄だが、そんな人が平然と電話口に出てくるはずもない。

やがて、織家は一つの可能性に行き着いた。

「……正当防衛ですか？」

天木は、静かに首を縦に振った。確かにそれなら、空橋がいくら探しても殺人事件の記事が出てこなかったことも頷《うなず》ける。

不意に、こつこつとこちらに歩み寄る足音が聞こえてくる。織家たちの座席の前で立ち止まったのは、スーツ姿で四角い眼鏡をかけた真面目そうな男性だった。

「桐原と申します。天木さんでよろしいですか？」

「はい。この度は急な申し出にも拘《かか》わらず、ご足労いただきありがとうございます」

向かいの席に座った桐原を、織家はじっと観察する。見たところ、普通のサラリーマンといった風貌《ふうぼう》だ。とてもではないが、人ひとりを手にかけたとは思えない。

天木がごほんと咳払《せきばら》いして、織家は自分が失礼な態度を取ってしまっていることに気づき、前傾姿勢になっていた背筋をぴんと伸ばした。

「す、すみません！」

「いえ、構いません。あの家の事件を知っているうえで私と出会った人は、皆似たような目を向けてきますから」

暗く沈むような桐原の声に、やってしまったと織家は心底後悔する。しかし、取り繕う言葉をすぐに紡ぐことができないでいた。そこに、天木が割って入る。

「部下の織家が大変失礼しました。桐原さんの正当防衛が成立していることは、重々承知しておりますので」

天木の理解ある言葉に、桐原は瞳《ひとみ》を大きくしていた。

「私が弁解するより早くそう言ってもらえたのは初めてです。いやぁ、嬉しいなぁ」

桐原はようやく笑顔を見せてくれた。彼は片手を上げて店員を呼ぶと、アールグレイを注文した。天木はダージリンを頼み、織家も同じものをいただく。

「あの、先ほどは本当に失礼しました！」

「気にしないでください。立場が違えば、私だって織家さんと同じ態度を取ってしまうことでしょう」

再度頭を下げて謝ると、桐原は理解を示してくれた。紳士的な人である。

「それで、私に訊《き》きたいこととは何でしょうか？」

「あの家で亡くなった女性についてです。単刀直入に申しますと、現在あの家にはその女性と思われる霊が隙間から家主を覗《のぞ》き見るという怪現象が多発しています」

「……存じています。白鳥不動産からもその件で何度か相談があったと妻から聞いていますし──あの女なら、そういう悪霊になっていても納得できる」

桐原の言葉の後半には、確かな恨みが籠《こも》っているように感じた。

「あなたたちは、あの女をどうにかできるんですか？」

「必ず。ですから、お辛《つら》い記憶なのは承知のうえで当時のことを教えていただきたいのです」

天木が懇願すると、桐原は恐ろしく長い溜息《ためいき》を吐いた。彼にとっては、望まぬ殺人行為に至った消したい過去の記憶のはずである。それを思い出し話して聞かせるというのは、織家が思っているよりもずっと覚悟が必要なことなのだろう。

店員が運んできた紅茶が順に置かれる。桐原は、目の前に置かれたアールグレイから立ち上る湯気をじっと見つめている。

数分の沈黙の後、彼はそっと言葉を紡ぎ始めた。

「……あの家は、父方の祖父母から譲り受けた家なんです。私は昔ながらの日本家屋が好きでして、妻と息子と一緒に引っ越したのが、今から大体五年前のことです」

「パニックルームを増築したのも、その辺りですか？」

「パニックルーム？……ああ、そうですね」

桐原の返答に挟まれた妙な間に、織家は違和感を覚える。だが、そんなことはお構いなしに彼は話を進めた。

「私ね、こう見えて元々ギタリストだったんですよ」

正直、意外だった。それは今のできるサラリーマン風の格好のせいなのだろう。織家はふと、畳の隙間から見つかったピックのことを思い出す。あれは桐原のものだったようだ。

「インディーズでCDも出して、小さい会場なら常に満員くらいの人気がありました。……だから、厄介なファンもできてしまうんです」

「亡くなった女性は、桐原さんのストーカーだったということですか？」

いち早く事情を察した天木が問うと、桐原は神妙な顔で頷いた。

「最初はライブに来てくれる普通のファンだったんです。彼女を街中で妙に見かけるようになったのが、増築も終わり三か月ほど経った頃でしたでしょうか。あの女は、事あるごとに物陰からこっそりとこちらを覗き見てくるようになったんです。付き纏《まと》うのはやめてくれと言っても、聞く耳を持ちません」

「警察には？」と織家が問う。

「もちろん相談しましたが、何かされたわけでもないので動いてもらえませんでした。ましてや、私は男で向こうは女です。いざとなれば腕力で勝るのだからと、相手にしてくれません」

桐原は苦悩するように目頭を押さえると、震える声で捻《ひね》り出す。

「……そして、あの事件が起きたんです」

己を奮い立たせるように、桐原はまだ適温ではないだろうアールグレイを一気に呷《あお》ると、捲《まく》し立てるように語り出した。

「寝室にしている六畳の和室で一家三人川の字で寝ていた時、私は天井裏から聞こえてきた物音で目を覚ましました。ネズミだろうかと天井板の隙間を注視していると、その奥にいる誰かと目が合ったんです。次の瞬間、あの女が天井ごと落ちてきました……！あの女、勝手に家に上がり込んで、天井裏から私たち家族の私生活を覗き見ていたんですよ！」

叫びを押し殺すような声で、桐原は説明してくれた。真夜中にストーカーが天井から落ちてくるなど、織家は想像するだけで心臓が縮み上がりそうだった。

畳だけでなく六畳間の天井も新しかったのは、血飛沫《ちしぶき》がかかったからではなく、ストーカーにより落とされたからのようだった。

「ふらふらと立ち上がった女は刃物を取り出したので、私はすぐに妻と息子をパニックルームに避難させました。そして護身用に買っていた木刀を手に取り、あの女の頭を思い切り……」

そこから先の言葉を、桐原は続けることができないようだった。元々訴えていたストーカー被害に加えて、家宅侵入に刃物の所持。正当防衛が成立するのは、当然の結果だろう。

「私からお話しできることは、これで全てです。もういいでしょうか？」

「はい。お会計はこちらで持たせていただきます。ありがとうございました」

フラッシュバックする記憶から逃げ出すように、桐原は鞄《かばん》を乱暴に摑《つか》み取り立ち上がる。出口へ向かおうとしたその背中に、天木は声をかけた。

「最後に一つだけ。あのパニックルームですが――」

そうして繰り出された質問を聞いた桐原は、こちらを振り返り生気のない笑みを見せた。

「……そうですよ。よくわかりましたね」

吐き捨てるように呟《つぶや》くと、桐原は重たい体を引き摺《ず》るようにして退店していった。

「天木さん。さっきの質問って、どういうことですか？」

「どうもこうも、君も聞いた通りだ。羽田野邸へ戻るぞ、織家くん」

天木は力強く告げる。

「隙間女を退ける方法が見つかった。今夜でけりをつけよう」

◆

午後六時。仕事から帰宅した羽田野と合流して、庭で晩御飯を食べながら桐原から得た情報を話し聞かせた。そのうえで今夜の策を伝えると、羽田野は「確かに、いけるかもしれませんね」と前向きな姿勢を示してくれた。

「それにしても、隙間女の正体はストーカーだったわけですか。そう言われると、こっそりこちらを覗いてくる行動には頷《うなず》けるものがありますね」

ランタンの明かりが照らす庭先で、テイクアウトしてきた牛丼を食べながら羽田野が感想を零《こぼ》す。

「こちらが招かずとも入って来てしまうタイプの霊であることも納得できます。実際、生前の時点で勝手に家に入り込んでいたわけですから」

天木に同調しつつも、織家はふと疑問に思う。

「でも、隙間女が覗きたいのはあくまで桐原さんなんじゃないですか？　なぜ羽田野さんを覗いているんでしょう？」

彼女はストーカーで、覗く理由は好きな相手の私生活を観察したいからのはずだ。もうこの家に桐原はいないのでどうしようもないのは理解できるが、それでも隙間女が覗きを続ける理由とは何なのか。

織家の疑問に、天木が自身の考えを述べる。

「隙間女は、おそらく『覗く』という行為そのものに快楽を得ているのだろう。無防備な相手の姿を、こちらが一方的に覗き見ている。その状況は、覗く側の支配欲を満たしてくれると考えられる」

話を聞き、織家の脳裏を過《よぎ》ったのはテレビのドッキリ番組だった。ターゲットは隠しカメラを回され、無防備な状態を撮影されていることが多い。視聴者は、これから起きることを何も知らない呑気《のんき》なターゲットを観て一種の悦に入るわけである。

「遊郭の二階を外から覗き見る『高女《たかおんな》』。屏風《びょうぶ》の陰から寝ている様子を覗いてくる『屏風覗き』。廃屋などの障子に無数の目玉を出現させる『目々連《もくもくれん》』など、覗きに関する妖《よう》怪《かい》は数多く残されています。隙間女は、桐原さんではなく『覗く』という行為そのものに対する執着から生まれた怪異なのではないでしょうか」

天木の説は、十分に納得できるものだった。それは、織家が実際に妖怪と呼んでも過言ではない『樹木子《じゅぼっこ》』と既に遭遇しているからこそ感じた説得力なのかもしれない。

「天木さん、詳しいんですね」

羽田野が感心した様子で感想を漏らす。表の顔を忘れてオカルト知識をひけらかし過ぎたと思ったのか、天木は「たまたまですよ」と謙遜《けんそん》を付け足していた。

夕食を終えた織家たちは、今夜の策へと移る。やることは昨晩と変わらず、敢《あ》えて一か所だけ隙間を残しての籠城《ろうじょう》だ。しかし、今回は隙間を作るポイントを変える。

そのための準備は羽田野が帰ってくるまでに済ませており、テープを剝《は》いでおいた縁側の西側の掃き出し窓から家の中へ入った。ちなみに、玄関は外から目張り済みである。

三人で中に入ると、内側から掃き出し窓の隙間を養生テープで塞《ふさ》ぐ。その作業中に、予報通り雨が降り始めた。

今回隙間を敢《あ》えて作る場所は、パニックルームのドアである。二重ガラスの小さな覗き窓の嵌《は》め込まれた鉄製の鍵《かぎ》付きドアを僅《わず》かに開き、隙間を生み出す。この状態で縁側から監視していれば、パニックルームの内側に隙間女が出現するはずである。

細長い縁側に横並びで座り、織家たちはその時を待った。剝《む》き出しの電球一つが薄暗く照らす縁側の外では、しとしとと降る雨が庭を湿らせている。

奥にあるパニックルームのドアの隙間を監視しつつ、織家は天木に疑問を振った。

「それにしても、よく気づきましたね。このパニックルームが、実は防音室だったなんて」

これは新宿の喫茶店にて、桐原との別れ際に放った天木の質問で判明した事実である。

「別に難しくはない。君がギターピックを見つけた時点で、可能性としては思い浮かんでいた。確信したのは、桐原さんがこの部屋を増築したのがストーカー被害に遭う以前だったと聞いた時だ」

余程防犯意識の高い人でない限り、わざわざ多額を費やしてパニックルームを増築することはないだろう。ストーカー被害で危機感を覚えてのことだったのならまだ納得できるが、それでもその費用で防犯設備のしっかりしたマンションにでも引っ越す方が賢明だと思われる。

「室内に窓がないのも、外へ音を漏らさないためと考えれば納得できる。重たい鉄製のドアは当然防音にも適しているが、防犯の面で考えると一部懸念点がある」

「……小さい窓ですか？」

羽田野が問うと、天木は頷いた。

「二重になっている小窓は、防音を意識してのことでしょう。全て鉄で覆ってしまうのがもちろん間違いないのですが、家族が中の様子を覗けるよう、敢えて付けたのかもしれません」

「でも、小窓が強化ガラスなら防犯上も問題ないんじゃないですか？」

「よく考えてみろ、織家くん。仮にそうだとしても、中に隠れている人の様子が強盗から丸見えという状況はよろしくない。付けるとするなら、精々アパートドアなどに採用されるドアスコープだろう」

確かに、あれならば一方的に内側から外の様子を確認することができる。だが、まだ疑問は尽きない。

「でも、防音室って内側にクッションみたいなのが貼ってあるイメージがあるんですけど」

「吸音材のことか？　あれは音の響きを調整するために貼るものであり、防音性とは無関係だ」

「……そもそも、なぜ白鳥不動産にはここがパニックルームとして伝わっていたんでしょうか？」

それは羽田野にとっても気になる点だったらしく、不思議そうに眉根《まゆね》を寄せる。最初に空橋から見せてもらったチラシの間取り図にも、間違いなくパニックルームと表記されていた。

「それはやはり、持ち主である桐原さんがここをパニックルームと伝えたからだろう」

「なぜですか？」

「そもそも、間取り図における室名とは曖昧《あいまい》なものだ。特徴のない納戸を『サービスルーム』と呼び特別感を出すこともあれば、建てた当初は老人室となっていても、今は子ども室となっている部屋なども当然存在する」

それはその通りだ。室名とは、あくまで図面を描いた当初の予定でしかないのだから。

「桐原さんは、ギター演奏のために防音室を建てた。しかし、その後すぐにストーカー被害に遭い、危機感を覚えた彼は頑丈な扉と内鍵を備えたこの部屋を、いざという時のためのパニックルームとした。そして実際にこの部屋は、その用途を果たすことになる」

「だから、桐原さんはこの部屋をパニックルームと伝えたんですね」

織家は、桐原にパニックルームについて尋ねた時、妙な間があったことを思い出していた。あれは彼自身、この部屋をそう伝えたことを忘れかけていたからなのだろう。

――彼女が現れたのは、疑問の数々が氷解し終えた、そんなタイミングだった。

誰かに見られている強烈な視線を感じ取り、織家と羽田野が防音室のドアの隙間へ目を向けたのは、ほぼ同時だった。そこからは案の定、縦に並ぶ二つの眼球がこちらを覗き見ている。

「うふふ」

耳の奥深くまで入り込んでくるかのようなか細い笑い声に、織家は咄嗟《とっさ》に耳を塞ぐ。音を遮った手が意味をなさないほどの大声で、隣の羽田野が「で、出たぁ！」と大声を上げた。

その声に背中を押される形で立ち上がった天木は、すぐさま防音室の重たいドアを閉じた。

「どうだ、織家くん。彼女の姿はあるか？」

天木に問われて、織家はドアの小窓からおそるおそる防音室内を覗き込む。すると――いた。

腰ほどまであるぼさぼさの黒髪に、ボロ布のような服。そして何より、陥没した頭部から溢《あふ》れる血に右半分が染まった顔。昨晩織家が窓の外で目撃した隙間女で間違いない。

彼女は、苦しむように頭を抱えながら防音室内でのた打ち回っている。

「せ、成功みたいです……」

そう伝えると、天木は僅かに口角を上げて見せた。好奇心から織家に続いて小窓を覗いた羽田野にも隙間女の姿は見えたらしく、彼はこの世の終わりのような悲鳴を上げると縁側の角《すみ》まで這《は》うようにして逃げ出してしまった。

隙間女を閉じ込める場所として防音室を選んだ理由は、実に単純である。防音室とは、徹底的に音漏れを防ぐ部屋である。そして、音漏れの原因こそが隙間なのだ。

つまり、防音室は閉じたドアはもちろんのこと、天井、壁、床のどの向きに対しても、音の漏れる隙間がない造りとなっているのである。

唯一逃げ込めそうな給排気口とコンセント、照明の隙間に関しては、事前に塞いでおいた。隙間女がこうして姿を晒《さら》し続けていることこそが、彼女が逃げ込める隙間を失った証拠である。

「覗きに固執していた霊が一方的に覗かれる側に回るとは、滑稽《こっけい》な話だな」

そんな天木の皮肉も、防音性のせいできっと隙間女には届かないのだろう。隙間に潜み一方的に覗くというアイデンティティを失ったからなのか、悶《もだ》え苦しむ彼女は幾度となく口を大きく開いている。

おそらく、何かを訴え叫んでいるのだろう。しかし、その声がこちらに届くことはない。

「織家くん」

声をかけられ、織家の肩が跳ねる。見たくないはずなのに、隙間女に見入ってしまっていたようだった。

織家がドアの前から体を動かすと、天木は養生テープで手際よく四方を目張りした。

そして、小窓の向こうに向かって呟《つぶや》く。

「生憎《あいにく》だが、君には覗く価値もない」

そうして、隙間女にとって唯一外の世界と繋《つな》がる小窓もテープで塞がれた。

◆

次の日の朝を迎えると、織家は一足先に横浜へ帰ることになった。さすがに大学があるので、これ以上羽田野邸に留《とど》まることは難しかったのだ。

天木は抜かりなく仕事用のノートパソコンを持参しており、もう少し羽田野邸に留まり経過を観察するとのことだった。

閉じ込めているとはいえ、隙間女と二人きりの状況は避けたかったのだろう。羽田野は天木の滞在延長を大歓迎していた。

霊を見た後は、やはり一人きりだと心細い。そのことを七瀬に伝えると、彼女は天木が帰ってくるまで事務所に泊まってくれることになった。

それからは応接スペースの大きなテレビで映画を楽しんだり、一緒に作ったご飯を食べながら夜更かししたりなど、天木に話せば怒られそうな楽しい日々が続いた。

天木が帰ってきたのは、隙間女に対する恐怖も薄れてきた三日後の夜のことである。

七瀬はゲームセンターのバイトのため事務所を空けており、織家は給湯室で一人夕食を作っていた。ここ数日で七瀬と羽目を外した結果余った半端な食材があったので、チャーハンでも作ろうと食材を刻み、ＩＨヒーターを点《つ》けてフライパンを載せる。

「ただいま」

具材を炒《いた》め始めた時、玄関引き戸が開き天木の声が聞こえてきた。織家はすぐに給湯室を飛び出す。

「おかえりなさい、天木さん」

「ああ。遅くなりすまなかった」

くたびれた様子で鞄《かばん》を下ろす天木に、織家はおずおずと尋ねる。

「……隙間女は、どうなりましたか？」

「ドアの小窓から羽田野さんに見てもらった限りでは、彼女は日に日にやせ細っていき、今朝消滅したそうだ。まあ、念のためもうしばらく防音室は開けないよう伝えておいたがな」

覗《のぞ》くことへの執着で生まれた霊が、その目的を奪われたのだ。それは、未練を強制的に断ち切られたと言ってもいいのかもしれない。

隙間女の消滅は、防音室に捕《とら》われた時点で確定していたのだ。存在理由を失った霊が、この世に留まる道理はないのだから。

「……何か焦げ臭くないか？」

天木に怪訝《けげん》な顔で問われ、織家ははっとなる。

慌てて給湯室に駆け込むと、フライパンから黒煙が上がっていた。天木を出迎えに行く際、IHヒーターを切り忘れていたのだ。

慌ててスイッチを切り、換気扇を強に切り替える。美味《おい》しいチャーハンになるはずだった具材は、黒焦げに成り果てていた。

「おいおい、火事は洒落《しゃれ》にならないぞ」

「す、すみません！　——あっ」

それはおそらく、匂いによる記憶のフラッシュバックだった。給湯室内に漂う焦げ臭さが、織家の脳裏に微《かす》かに残っていた思い出の欠片《かけら》を呼び覚ます。

「僕がいない間に、また七瀬くんを連れ込んだな？　事務所に入れるなとまでは言わないが、掃除くらいきちんと」

「天木さんっ！」

説教を始めた天木に、織家は堪《たま》らず大声で呼びかける。何事かと眉《まゆ》を顰《ひそ》める天木に、織家は伝えた。

「思い出したんです、私！　住宅完成見学会でクローゼットの中の霊を見た時、確かに焦げ臭さを感じたんです！」

白い家に関する待望の新情報に、天木は目を見開いた。

間章

二〇XX年　五月十五日
先月完成した白い家の施主である加納正路《まさみち》さん、舞《まい》さん夫妻から、心霊現象の相談を受ける。オカルトなど信じてはいないが、冗談とも考えにくい。本日から、調査日誌をつけることにする。

五月二十三日
正路さんから、とても悲しい連絡が入った。内容は伏せる。とても書けない。舞さんは実家へ帰るそうだ。不運な事故といえばそれまでだが、加納夫妻はそうは思っていないようだ。

六月十六日
深夜に正路さんから電話がかかってきた。取り乱しており、何を喋《しゃべ》っているのかほとんど聞き取ることができなかった。しかし、家を出て行くということだけは理解できた。どうやら、何か恐ろしい体験をしたらしい。幽霊などというものが、本当に存在するというのだろうか。

六月十九日
鍵《かぎ》を借り、深夜に一人で白い家を訪れた。中に入ると、説明しがたい恐怖に襲われた。逃げたくてもドアは開かず、玄関のクローゼットの中に身を隠した。そしてそのまま、がたがたと震えることしかできなかった。
明け方に、どうにか家を出ることができた。酷《ひど》く体調が悪いのでその足で病院へ行くと、胃に穴が開いていた。過度のストレスが原因と考えられるとのこと。そのまま、入院することになった。

七月二十日
知り合いの紹介で、霊媒師に白い家を見てもらう。家を一目見た霊媒師は「私の手には負えない」と言い残し、一銭も受け取らず帰ってしまった。

八月十八日
今回は三名の除霊師に依頼し、除霊を決行することにした。しかし、最初の一人が入るとドアが閉まり、他の者は入ることができなかった。妙なもので、家に入る選択肢を奪われるというか、入ろうという気がそもそも起きなくなるのだ。
明け方になり、中に入っていた除霊師が憔悴《しょうすい》しきった様子で出てきた。なぜすぐに出てこなかったのか尋ねると、ドアが開かないので隠れて震えていることしかできなかったのだという。僕は最初に自分自身で突入した日のことを思い出した。
その後、除霊師は意識を失い救急搬送された。幸い、命にかかわる容体ではなかった。

八月二十八日
怪現象を身を以《もっ》て体感した以上、オカルトを否定はできない。僕は加納さんから白い家を買い取ることにした。心理的とはいえ、瑕疵《かし》は瑕疵。瑕疵のある家を引き渡してほったらかしというのは、僕のプライドが許さなかった。

九月二日
オカルト分野の勉強を始めることにする。人に頼るのではなく、僕自身が誰よりも詳しくなればいい。

十月五日
庭の植物が異様な生長を見せ、白い家の外壁を覆い始めている。取り払いたいが、雇った造園業者に何かが起きても責任が取れない。これもまた、怪現象の影響なのだろうか。

十月二十五日
白い家が建つ前の土地の情報を調べるが、これといった原因は見つからなかった。気ばかりが焦る。

十一月二十四日
周辺の家に聞き込みを行うも、怪しい人物と思われてなかなか相手にしてもらえない。地道に少しずついこうと思う。

十二月十七日
空橋の協力も得て、事故物件の調査を受け付けることにした。実例に触れていけば、いずれ白い家の解決方法も見つかるかもしれない。

二月二十二日
解決できないまま、年を跨《また》いでしまった。
白い家は現在、嘆かわしいことにネット上で心霊スポットとして紹介されている。事故物件の情報サイトにも『不明』という名目でマークがついていた。早く原因を突き止めなければ。

四月一日
高校生グループが白い家に肝試しに入ったと警察から連絡があった。うち一人は入院する羽目になったという。おそらくは、その一人が中に閉じ込められて僕や除霊師と同じ目に遭ったのだろう。
話を聞きに行きたかったが、精神的にかなりダメージを負っているらしく、面会は許可されなかった。

八月一日
調べることが尽きる。僕に霊感と呼ばれるものがあれば、もっとできることはあるはずなのに。この日誌は、一旦《いったん》ここまでとする。

四月二十三日
久しぶりの更新となる。
気がつけば、白い家の完成から約四年が経過していた。事故物件の調査と研究は続けているのだが、未《いま》だ解決の糸口すら摑《つか》めていない。
本日。Y大学の特別講義にて、白い家の完成見学会に来ていた女の子と再会した。思い返せば彼女はあの日、クローゼットの中で何かを目撃したようなリアクションをしていた。話しかけてみると、やはり霊感持ちらしい。

もしかすると、彼女が白い家解決のきっかけになってくれるかもしれない。

第三話　白い家　前編

『住宅完成見学会でクローゼットの中の霊を見た時、確かに焦げ臭さを感じた』

織家より、白い家の霊に関するその新情報を受け取った天木の行動は早かった。

表の仕事を終えると、二階のオカルト部屋に籠《こも》る日々が幕を開ける。元より、情報は集めすぎなほどに集めていたのだ。その中からこの『焦げ臭い』という情報と繋《つな》がるものを天木が探すうちに、十一月は下旬に差しかかっていた。

しとしとと降り続く長雨が三日目に突入したある日曜の朝のこと。二階からよろよろと降りてきた天木は、目の下にたっぷりと隈《くま》を作っていながらも、どこか爽快感《そうかいかん》に満ちた表情で「見つけたぞ」と織家に報告した。そのまま応接用のソファーに突っ伏した彼は、半日の間眠り続けた。

彼が目を覚まし、空橋が招集されたのが午後四時である。ヒゲ丸も、今日はさすがに留守番のようだった。

織家と空橋がそれぞれ一人掛けのソファーに座り、対面の三人掛けソファーに天木が一人で腰掛ける。午後に向かうに連れて天候は荒れてきており、事務所の窓には大粒の雨が繰り返し打ちつけられている。

長い間足踏みしていた白い家に関する事故物件調査が、本日ついに一歩前進する。天木の妙に落ち着きのある雰囲気からそのことを察し、織家は緊張で生唾《なまつば》を飲み込んだ。

半年程度の織家とは異なり、空橋はもっと長い間この問題と向き合ってきたのだから、緊張は織家の比ではないだろう。彼は落ち着かない様子で両手を擦り合わせている。

「まずは、これを読んでもらいたい」

ガラス天板のローテーブルに、天木は一枚のコピー用紙を置いた。そこには、モノクロで何かが印刷されている。

それは、ある新聞記事を印刷したものだった。


駐車場にて車が炎上。一家心中か。
○日深夜二時頃、横浜市内のスポーツ施設の駐車場で「車が燃えている」と近隣住民から通報があった。
焼け跡からは三人の遺体が見つかり、○○署は○日、遺体の身元を横浜市の会社員・大崎恭介《おおさききようへい》さん（31）、妻の優子《ゆうこ》さん（28）、娘の羽澄《はすみ》ちゃん（7）のものであると発表した。

車内には灯油を撒《ま》いた痕跡《こんせき》が残っており、警察は一家心中の可能性も含めて捜査を進めている。


火の関係する死亡記事だ。仮にこの事故で亡くなった霊が何らかの理由で白い家にいたとするならば、織家が焦げ臭さを感じたことにも納得がいく。

「これって、いつの記事ですか？」

「約五年前だ」

織家が白い家の見学会に行ったのが、今から約四年半前の五月の修学旅行の時だ。つまり、家の完成の約半年前に起きていた事件ということになる。

「だけど、天木は何でこの一家心中が原因だと思うんだ？　火災による死亡事故なんて、街中至るところで起きているだろ」

空橋の疑問は、織家も感じていた。天木はその質問は想定内というように、別の用紙をローテーブルの上に置く。そこには、港《みなと》の見《み》える丘《おか》公園を中央に据えた地図が印刷されていた。

天木は胸ポケットから赤ペンを取り出す。

「まず、ここが白い家だ」

丸印を付けたのは、港の見える丘公園の北東に広がる住宅地の一角。地図上で見ると、白い家は公園に隣接するような位置に立っている。もっとも、公園は住宅地と比べてかなり高い位置にあるので、現地の人から言わせれば隣接している感はほぼないだろうが。

「そして次に、ここが件《くだん》の火災現場だ」

天木が次に丸を付けたのは、港の見える丘公園の西側に隣接するスポーツ施設の広い駐車場だった。広大な公園を挟んでいるため、白い家とはかなりの距離がある。

「天木さんは、なぜ大崎さん一家の霊が白い家に入ってきたと思うんですか？」

織家が問うと、天木は僅《わず》かに口角を上げた。

「二人は霊道というものを知っているか？」

首を捻《ひね》る織家に代わり、空橋が口を開く。

「その名の通り、霊の通る道だろ？」

「ああ。一般的には病院や大きな事故現場など、大勢の人の死が絡む場所に生まれやすいと言われている。そして、一度霊道が開通すれば、家の中だろうが関係なく霊の往来する道となる」

「白い家に、その霊道というのが開通したってことですか？　でも」

「わかっている。開通する理由だろう？　開通場所としてよく言われるのは、先ほど説明した多くの死が絡む場所とお寺などとを結ぶ通り道だ。死者が救いを求めてお寺を目指すというのは、非常に理に適《かな》っている」

天木の話を聞きながら、織家は地図に目を落とす。だが、白い家の周辺に寺は見受けられない。天木の思考を読み取れずむず痒《がゆ》い思いをしていると、隣で同様に地図と睨《にら》めっこしていた空橋が「あっ」と声を発した。

「そうか。横浜港か！」

「その通り」

空橋の出した答えを肯定し、天木は三角スケールを取り出した。断面が三角形になっており、様々な縮尺寸法に対応している建築関係者御用達の定規である。それを地図にあてがうと、火災現場から白い家までを赤ペンでまっすぐに結ぶ——だけに留《とど》まらず、そのまま伸ばした線は北東に位置する横浜港にまで到達した。

ここで、織家も正解に行き着く。

「そっか、水場だ！」

死者が寺を目指すのと同様に、火災で苦しむ霊が水場を求めるのも十分理解できる。もっとも近くにある大きな水場が横浜港であり、最短距離を進むのなら港の見える丘公園を突っ切る形となる。そして、公園を通り抜けて最初にある住宅群のうちの一軒が白い家なのだ。

「とはいえ、現場から公園を抜けて横浜港へ行くルートはいくらでもある。周囲の別の家に霊道が開通している可能性も捨てきれないが、僕が聞き込みを行った限りでは周辺住民で霊に困っている人は見つからなかった」

天木がそういった地道な調査も続けていることは、織家も聞いていた。全ての近隣住民が彼に心を開き包み隠さず話してくれているというわけではないだろうが、今はそこを気にしていても仕方がない。

「とりあえず、火災現場へ行ってみませんか？　何か見えるかもしれませんし」

織家の方から、二人にそう提案した。自ら進んで霊を見に行こうとするなど、半年前では考えられないことだ。

白い家を、自分が憧《あこが》れ目標にしているあの家を救いたい。それが叶《かな》うのであれば、今は喜んで天木の目の代わりになろう。

◆

みなとみらい線の元町《もとまち》・中華街《ちゅうかがい》駅で降り、港の見える丘公園の西側に隣接するスポーツ施設の駐車場に到着したのは、夜十一時を過ぎた頃だった。

霊が現れやすい夜遅くを狙って訪れたのだが、車が一台も停まっていない駐車場は、夜の静かな空気の中でただ沈黙を貫いている。

「どうだ？」

天木に問われ、織家は首を横に振る。

「何も見えないし、感じません。でも、当然ですよね。大崎さん一家の霊は横浜港へ移動しているんですから、この場に留まっているはずがありませんし」

「それはわからないぞ。塩畑ビルでも見られたことだが、霊は同じ行動を繰り返す傾向がある。大崎一家の霊も成仏できずに、ここから港までの道を往復しているかもしれない」

大崎一家の霊は、港に辿《たど》り着いたところで成仏できるわけではない。天木の考えは一理あると思ったが、少なくとも今この時、駐車場にいないことだけは間違いなかった。

「で、今後の策としてはどうする？」

腕を組む空橋に問われ、天木は考え込むように顎《あご》に手を添えた。

「そうだな……まずは白い家に居座っているのが大崎一家の霊で間違いないと確定させたい」

「最も確実な方法は、これまでの調査と同様に家の中で霊が出るのを待つことですけど……」

織家の控えめな提案に、天木は首を横に振る。

「それができれば苦労はしない」

「うーん……ですよね」

一度納得はしたものの、確実性の高い方策ということもあり、織家は粘った。

「白い家の怪異がかなりやばいのは、私も体感しているので理解しているつもりです。でも、大勢で入れば」

「駄目だ」

天木に即否定され、さすがに少しむっとする。

「怖がっていても始まらないじゃないですか！」

「違うんだよ、織家ちゃん」

会話に割り込んだ空橋は、困り顔で続けた。

「白い家には、一人しか入ることができないんだ」

空橋の言葉の意味を、織家はすんなりと飲み込むことができなかった。

「それって……どういう意味ですか？」

その疑問には、天木が答える。

「言葉通りの意味だ。あの家は、昼夜問わず一人しか入ることができない。そして、深夜遅くに一人で入った者は明け方まで出ることができなくなる」

「……何ですか、それ。そんなのって……」

「理解しがたいのはわかる。だが、実際に僕や周りの人が体験したことだ。理屈も道理もなく、その場ではそうするのが当たり前とでもいうかのように、ルールに従わされる」

白い家と他の事故物件との格の違いというものを、織家はようやく本当の意味で理解できたような気がした。

人の血を吸う樹木子や、隙間を移動する隙間女のように、独自のルールの下に動く怪異にはこれまでにも遭遇している。しかし、ルールを押しつけてくる怪異というのは初めてのことだった。

ここでふと、織家は前に実家で天木が話してくれた白い家に関する話の内容を思い出す。

「前に天木さん、教えてくれましたよね？　霊媒師や除霊師に同行を依頼して解決を試みたことがあるって」

「ああ。結果は言うまでもないが、失敗だ。深夜に一人で家の中に入った除霊師を名乗る男性は、何もできずどこかに隠れて震えていたそうだ。明け方に家から出てきた彼は、そのまま入院する羽目になったよ。……僕の時と同じだ」

「えっ！　天木さんも同じ経験をしているんですか⁉」

驚いたものの、当然と言えば当然なのかもしれない。自分が建てた家に霊が出ると文句を言われて、天木が確かめに行かないわけがない。しかし、結果として天木もその除霊師と同じ目に遭ったようだ。

「その……霊感が全くない天木さんでも駄目だったんですか？」

目を閉じれば何も見えず、耳を塞《ふさ》げば何も聞こえない。それと同じように、霊感のない天木に霊の姿や声は届かない。それは考えようによっては、霊に対して無敵の耐性を持っていると言えなくもない。

「ああ、駄目だった。霊感がなくとも、他の五感全てが警告を放っているような感覚だった。今すぐどこかに隠れて、息を殺すという選択肢しか選ぶことができない。そんな気持ちだった。精神は擦り減り、過度のストレスで激しく胃が痛み、一秒がまるで永遠のようにすら感じる……そんな経験をした」

天木の体験談に、織家は思わず息を呑《の》んだ。これまで遭遇してきた霊に対して、樹木子という例外を除き天木はほぼ恐怖を感じていなかったように思える。

そんな彼にここまで言わせる白い家の怪異とは、一体どれほどのものなのか。中に入ろうという織家自身の提案は、取り下げざるを得なかった。

「実は、前から少し不思議に思っていたんです。霊感のない天木さんが、どうしてオカルトを信じているんだろうって」

「あんな経験をしてしまっては、信じざるを得ない。怪異の姿を見ずに済んだことだけが、唯一の救いと言えるだろうな。詳しくは日誌に纏《まと》めてあるから、後で君のパソコンに送っておく。僕の失敗と挫折《ざせつ》の記録だ」

肌寒い秋の夜風に吹かれながら、天木は呟《つぶや》くように言葉を落とす。

「今回こそは、真相に辿り着けるだろうか」

珍しく弱気な彼の顔には、不安が色濃く浮き出ているように思えた。

◆

翌日の昼過ぎ。織家は、天木と共に白い家の門扉の外に立っていた。

生クリームのように真っ白だった外壁には枯れた蔦《つた》が巻きつき、石でも投げられたのか、窓ガラスには一部割れている箇所も見受けられる。悲しいことに、スプレーで描かれたのだろう品のない落書きも外から確認できた。

よく晴れた日中で、隣には天木もいる。昨晩の話に加えて調査日誌を読ませてもらったこともあってか、白い家からはただならない威圧感が溢《あふ》れ出ているように思えてならなかった。

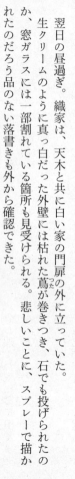

昨晩は入ってはどうかなどと提案したが、こうして目の前に立つとそんな気持ちはあっという間に失せてしまう。ただただ得体が知れず、気味が悪いのだ。これなら霊の一人でも見えて手招きされていた方が、正体が見える分まだマシとすら思える。

本日ここを訪れた理由は、もちろん白い家の中へ侵入を試みるため——ではない。

「こっちだ」

天木が案内したのは、白い家に向かって左隣の家である。黒ずんでいる化粧ブロックの門柱には『斑間《まだらま》』と彫られた石の表札が埋め込まれていた。

門柱の向こうには、古めかしい平屋建ての家屋が立っている。造りや築年数は、羽田野邸と近いところだろうか。ただし、こちらは外壁木板の部分的な修繕を安価なトタン板で行っているせいか、継ぎ接《は》ぎのようで少し安っぽく見えてしまう。

「このお宅ですか？　天木さんがまだきちんと聞き込みをできていない家って」

「そうだ。白い家の工事前の挨拶《あいさつ》の時も含めてもう何度も訪ねているのだが、いつもインターホン越しの会話のみで未《いま》だ顔すら拝めていない。最近では、面倒がられて居留守を使われるようになってしまった。近所の人の話では、元々住んでいた老夫婦の孫らしい若い男性が一人で住んでいるそうだ」

「はあ。それで、私は何をすれば？」

「難しいことは何もない。ついて来てくれ」

雑草の伸びきったアプローチを進み、玄関の前までやって来た。インターホンは、家と比べて真新しいカメラ付きのものが取り付けられている。

「織家くん。インターホンを押してくれ」

「えっ？　ちょ、ちょっと待ってください。挨拶の言葉を考えますから」

などと言っているうちに、天木が勝手にインターホンを押した。家の中から、鳴り響く呼び鈴の電子音が聞こえてくる。焦る織家を残して、天木はすっと外壁の陰に身を隠してしまった。あたふたしているうちに、インターホンから声がする。

『こんちはー。何かご用で？』

「あ、えっと、お宅について、少しお尋ねしたいことがありまして」

『オッケー。ちょっと待っててね』

ガチャリと音声が切れて、床の軋《きし》む音が近づいてくる。そして、玄関の引き違い戸が開かれた。

現れたのは、派手な赤い髪色をした若い男性である。彼が斑間だと考えていいだろう。こちらを見る斑間の目はやや吊《つ》り上がっており、髪色も相俟《あいま》って不良のような印象を受ける。

その個性的な髪色は、どこか見覚えがあるような気がした。考え込む織家に対して、斑間はにぱっとやんちゃそうな笑みを見せる。

「もしかして君、俺のファン？　駄目だよ自宅を突き止めるなんてー。まあ、可愛いから許しちゃうけど」

彼は一体、何を言っているのだろう。織家が呆然《ぼうぜん》としていると、背後に人の気配を感じる。振り返ると、隠れていたはずの天木がいつの間にかそこに立っていた。

「……チッ」

天木の顔を見るなり、斑間は舌打ちをして玄関戸を閉めようとした。しかし、天木がそこへ革靴を滑り込ませて妨害する。

「おい！　不法侵入だぞ！」

「ようやくお会いできましたね、斑間さん。お願いです。少しでいいのでお話を聞かせてください」

激怒する斑間に対し、天木は涼しい顔で丁重に打診する。その対応は寧《むし》ろ火に油を注いでいるような気がした。

「やり方が卑怯《ひきょう》だろ！　この子を餌にして玄関先まで誘《おび》き出すなんて、悪徳宗教の訪問勧誘と同じじゃねーか！」

「僕は部下にインターホンを押してもらっただけですが？」

「白々しいんだよ！　いいから足どけろ！」

二人のそんなやり取りの最中《さなか》、織家は斑間の真っ赤な髪に見覚えがある理由を思い出した。

「……そうだ。塩畑ビルだ！」

会話に割って入る声に、斑間は喧嘩《けんか》腰《ごし》の対応を一旦《いったんや》止めて織家に目を移す。そして

「ああ、あの時の子か！」と向こうも思い出してくれた様子だった。

七瀬のバイト先へ行く際、織家たちは喫茶店の入っている塩畑ビルの入り口で一度斑間と遭遇していたのだ。

思い返せば、彼は天木の顔を見るなり嫌そうな顔をしてそそくさと退散していた。それは、しつこく訪問してくる天木の顔をインターホン越しに幾度となく見ていたからなのだろう。

過去の出会いが発覚したところで、斑間が天木に対して友好的になる理由は何もない。天木を睨《にら》みつけると、彼は強い口調で「いい加減にしねぇと、警察呼ぶぞ！」と言い放った。

天木もそれはまずいと思ったのか、玄関戸が閉まらないよう差し込んでいた足を抜く。その様子に、斑間は勝ち誇り笑みを見せた。

「わかりゃいいんだよ。もう来るなよ」

それを別れの言葉に、ぴしゃりと戸が閉じて施錠する音が聞こえた。

「……どうしましょう、天木さん」

収穫はなしだ。そして織家の顔も割れた今、同じ方法は通じない。斑間から話を聞ける可能性は、絶たれてしまったかのように思える。

しかし、天木は千載一遇のチャンスを逃したにしては、いつもと変わらぬ落ち着きのある表情を貫いていた。

「帰ろうか、織家くん」

「え？　でも……」

織家は渋ったが、天木は自信に溢れた瞳《ひとみ》を向けてこう告げた。

「心配するな。収穫は十分あった」

◆

事務所に帰るなり、天木は立ち上げた仕事用のパソコンをなぜか動画サイトに繋《つな》いだ。検索画面で少々手こずっていたが、彼は見つけ出したとある動画を再生する。

「えぇ……」

映し出されたものに、織家は困惑の声を漏らさずにはいられなかった。そこには驚くことに、斑間の姿が映っていたのだ。

『どうもー！　マダラマチャンネルです！　当チャンネルでは、オカルトをマダマダ検証していきますよ！　今日はこちらのオカルトグッズ『幽霊探知くん』は果たして使い物になるのかどうかを試してみます！』

「ちょっ、ちょっと待ってください！」

訴えると、天木はマウスを操作して動画を一時停止してくれた。

「斑間さんは、動画投稿者だったってことですか？」

「まあ、そういうことだ。塩畑ビルで出会った際にどこかで見たことがある気はしていたのだが、どうやらチャンネルを品定めしていた時に一度目を通していたようだ」

羽田野邸で隙間女の出現を待っていた時、天木が動画サイトのオカルト系チャンネルをよく観ていることは聞いていた。口振りから察するに、斑間のチャンネルは登録するには至っていないようだった。

「よく思い出せましたね」

「思い返してみれば、彼は塩畑ビルで自撮り棒を使い撮影を行っていた。それに、織家くんを前にして自分のファンだと勝手に解釈していた。つまり、ファンがつくような活動を行っているということになる。あの派手な赤髪も、お洒落《しゃれ》というよりはキャラクター作りの一環と捉《とら》えた方が自然だろう」

ということらしい。ビルで織家に話しかけたのも、本当にナンパではなくビルについてのインタビューをしたかっただけなのかもしれない。

一時停止されたままの動画の背景には、年季の入った和風の内観が映っている。撮影場所は、白い家の隣家である斑間邸内と考えてよさそうだ。

天木は動画の画面からチャンネルページへと飛ぶ。アイコンは斑間の似顔絵で、チャンネル名は『マダラマチャンネル』となっている。登録者数は四・二万人となっていた。

「四・二万人って、結構凄《すご》いですね」

「投稿動画は六百本を超えている。地道な努力の賜物といったところだろうな」

斑間を褒めつつ、天木はカーソルを動かして動画一覧を古い順に並べ替える。一番上に表示された動画のタイトルは『自宅でヤバい動画撮れた（閲覧注意）』で、アップロード日は『五年前』となっていた。

織家は、その最も古い動画の再生数を見て目を丸くする。

「ひゃっ、百十万再生⁉」

他の動画が精々四、五千再生なのに対して、この動画だけが異様に視聴されている。

「再生してみるぞ」と、天木が動画のサムネイルをクリックした。

映し出された映像はかなり暗かったが、壁や床の輪郭は捉えることができた。タイトルに『自宅』とあるので、ここは斑間邸内なのだろう。細長い廊下と思《おぼ》しき場所を、固定カメラで撮影しているようだった。

動画の長さは、たったの一分。だが、静止画並みに変化がないこともあり、一秒一秒がやたら長く感じる。

異変が起きたのは、三十秒を過ぎた辺りのことだった。

煙のような白い靄《もや》が、手前から奥へ風に流されるようにすっと通り過ぎていったのである。その後は再生が終わるまで、再び暗い廊下がただ映し出されているだけだった。

再生を終えると、次いで天木は動画の説明欄を開く。

最近家の中で何者かの気配を感じるようになり、試しにカメラを仕掛けてみたところ

妙なものが映り込んでいました。これは幽霊なのでしょうか？

当時はまだ動画投稿者としてのキャラが確立していなかったらしく、平凡な文章だった。しかし、それが寧ろ動画のリアリティを高めている。だからこそ、ここまで再生数が伸びているのかもしれない。

「この動画に映り込んだ靄は、織家くんから見てどう思う？」

「そうですね……何となくですが、本物っぽく感じました。でも、天木さんにも見えているなら偽物でしょうか？」

「心霊写真や録音された音声などもそうだが、別の形で記録されたものは霊感に関係なく誰にでも見えると僕は考えている」

確かに、それらは存在のあやふやな霊が何らかの明確な形を与えられたと捉えることができる。誰にでも見てもらえるからこそ、心霊系の動画投稿者はどうにかして霊の姿を映像に収めようと躍起になっているわけだ。

「僕にはこの靄が合成やトリックとは思えなかった。約五年前となると、駐車場での車両火災のタイミングにも近いしな」

天木の言う通りで、いろいろと辻褄《つじつま》が合う。だが、それでは困ったことになるのだ。

「……じゃあ、火災現場から海へ続く霊道は、白い家ではなく斑間邸に開通したってことですか？」

そうだとするなら、ようやく天木が見つけ出した白い家と大崎一家の霊との繋がりはなかったことになり、調査は振り出しに戻ってしまう。天木ももちろんそのことを理解しており、難しい表情を浮かべながらパソコン画面を睨んでいた。

「とにかく、マダラマチャンネルの動画を可能な限り観漁《あさ》ってみよう。僕は古い順に観ていくから、織家くんは新しい順で頼む」

「わかりました」

そうして、二人揃ってマダラマチャンネルに齧《かじ》りつく日々が幕を開けるのだった。

◆

チャンネル内の動画を観漁る生活を始めて、約二週間が経過した。暦は十二月に入り、外出する際に羽織る上着は次第に厚みを増していく。いつの間にか、すっかり冬である。

『どうもー！　マダラマチャンネルです！　当チャンネルでは、心霊検証をマダマダやっていきますよー！』

昼休み。織家は寒空の下、図書館の外のベンチに座りイヤホンをつけ、スマホで斑間の動画を視聴していた。動画時間が五十分もあることを確認し、堪《たま》らず長い溜息《ためいき》を落としてしまう。その溜息も、寒さで白く染まっていた。

マダラマチャンネルの動画本数は六百本を超えているので、天木と分担しても一人当たりのノルマは約三百本である。そこそこ登録者がいるだけあって、決してつまらなくはない。だが、二週間も見続けていれば飽きが来てしまうのは仕方のないことだろう。

動画は心霊スポットに出向いたり、眉唾《まゆつば》なオカルトグッズを試したりなど、基本的には霊と遭遇することを目的としたチャンネルのようだった。

視聴を始めた当初危惧《きぐ》していた動画の怖さは、正直思っていたほどではなかった。事故物件調査で織家がオカルトに慣れてきたせいなのか。もしくは、万人受けするように斑間が敢《あ》えて怖さを抑えた動画作りを心掛けているのだろうか。

織家は斑間が隣家の白い家を取り上げていないかと心配していたが、今のところそんな動画は見つかっていない。いくら心霊スポットと化していても、隣の家となると取り上げづらい面はあるのだろう。肝試しの若者が増えたりなどすれば、斑間自身も迷惑を被ることになるのだから。

退屈なパートはスキップしたい気持ちもあるのだが、雑談として貴重な情報をぽろりと零《こぼ》す可能性もあると考えると、そういうわけにもいかない。スマホから目を離さずに右手に持つ菓子パンを口に運ぼうとしたところで、声をかけられた。

「やっほー、織家！　何観てんの？」

「わっ！」

ベンチの背後から抱き着かれて、織家は危うくパンを落としそうになった。慌ててイヤホンを外し振り返ると、そこにはしたり顔を浮かべている七瀬の姿があった。

「もう、びっくりさせないでよ」

「ごめんごめん。で、誰それ？」

隣に腰掛けた七瀬が、織家のスマホ画面に映る斑間を指差して尋ねる。事故物件調査のことを知っている七瀬になら構わないだろうと、織家は白い家の件も含めて、マダラチャンネルを観漁るに至った経緯を簡潔に話し聞かせた。

「じゃあ、私も協力するよ」

実家から通っている七瀬は、母親の手作りらしい弁当を摘まみながらそう提案してくれた。

「えっ、でも」

「動画を観て、関係しそうなことを言っているのを見つけたら報告すればいいんでしょ？　それなら私にもできるし」

「……いいの？」

「いいよ。私も助けてもらったんだから。それに、その白い家って織家にとっても大切な家なんでしょ？　だったら、絶対に救い出さないとね」

友人の優しさが身に染みて、堪らず涙が零れそうになる。織家は目元を擦《こす》ってから、早速七瀬と視聴の役割分担を行った。

◆

事態が大きく動いたのは、それからさらに一週間後のことだった。

「織家くん。これを」

事務所のパソコンで請求書を作っていた織家の机に、天木がコピー用紙を置いた。そこには、平屋建ての間取り図が描かれている。表の仕事関係の図面かと思いきや、下部に記載されている物件名を見て、思わず「えぇ!?」と大きな声を発してしまう。

「これ、斑間邸の図面じゃないですか！」

「ああ、そうだ」

「そうだって……斑間さんが貸してくれたんですか？」

「まさか。僕が描いたものだよ」

確かに、サッシやドアの表現など、所々に天木の使うCADソフトの癖が見受けられる。

「でも、どうやって描いたんですか？」

「難しくはない。外観だけで、建物の大まかな外周は割り出せる。サッシの大きさや換気口の位置などで、どこに何の部屋が配置されているのかを推測することも十分可能だ」

「そうかもしれませんけど、内側はどうしようもないじゃないですか」

斑間邸

「斑間邸に関しては、自宅内で撮られた動画が豊富にある。映り込んでいる内観を図面に落とし込んでいけば、隅々まで完璧《かんぺき》とは言えないまでも、このくらいなら描くことができる」

なるほどと、織家は天木の技量に感心する。そもそも、改装などを行う際に新築当時の図面が見つからないというのはままあることだ。このくらいのことは、建築士ならば出来て然《しか》るべきなのかもしれない。

「どうだろう、織家くん。一度マダラマチャンネルで得た互いの情報の擦り合わせを行いたいのだが」

「はい。でも、私の方は正直収穫ゼロですよ？　協力してくれている七瀬からも、特に連絡はないですし」

動画の観過ぎのせいか、最近は夢の中にまで斑間が現れる始末である。今や赤いものを目にするだけで、斑間の顔を思い出すようになってしまった。

成果に関しては天木もてっきり似たようなものだと思っていたのだが、どうやらそうではないらしい。

「僕の方は、一つの仮説を組み立てるに至っている」

「ほ、本当ですか⁉　ぜひ聞かせてください！」

織家は斑間邸の図面を持ち、席から立ち上がる。その時、ようやく用紙が二枚重なっていることに気づいた。もう一枚も間取り図であり、同じＣＡＤソフトで一階と二階が

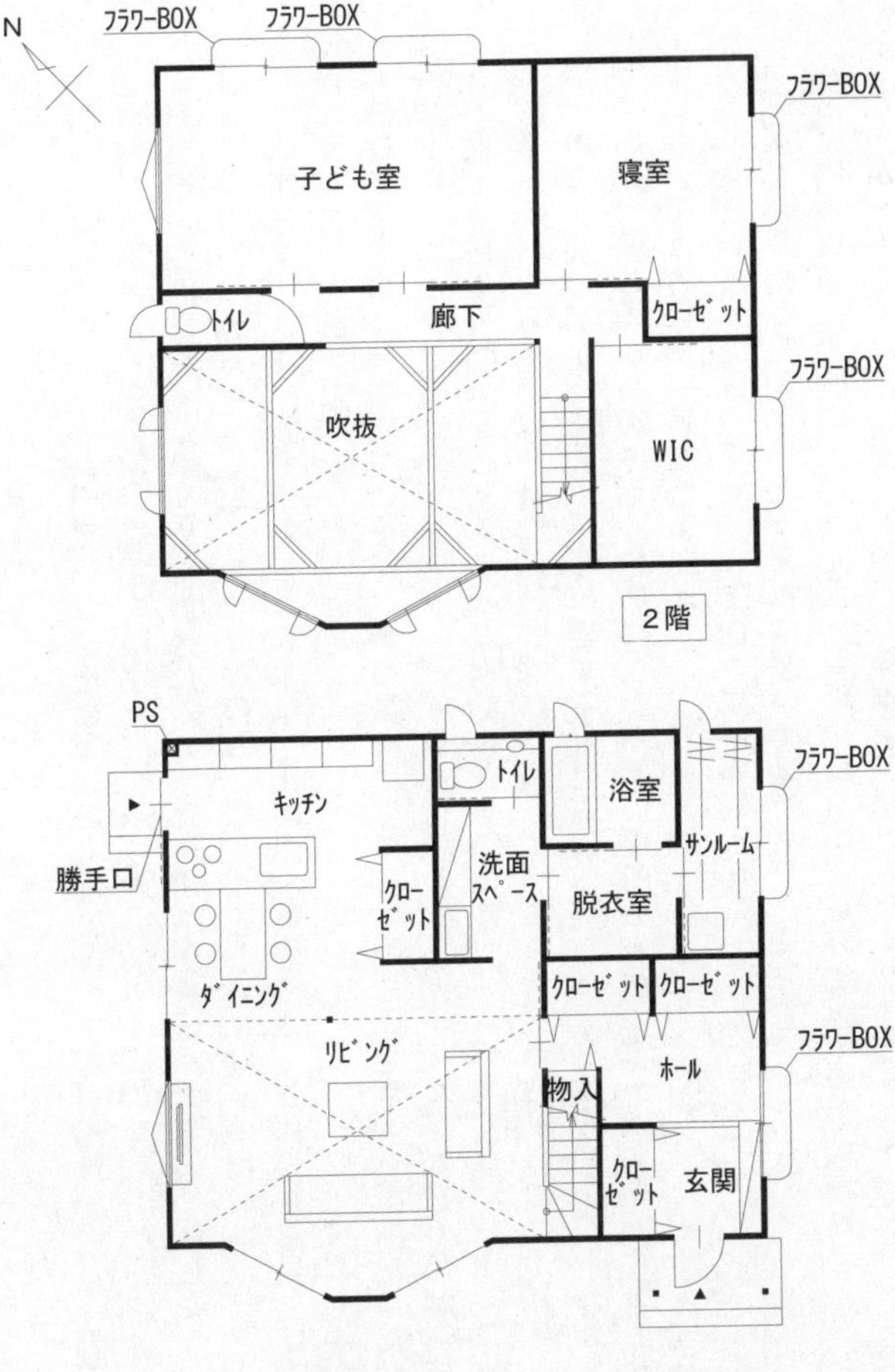
N
フラワーBOX
フラワーBOX
フラワーBOX
子ども室
寝室
トイレ
廊下
クローゼット
フラワーBOX
吹抜
WIC
2階
PS
キッチン
トイレ
浴室
フラワーBOX
サンルーム
勝手口
クローゼット
洗面スペース
脱衣室
ダイニング
クローゼット
クローゼット
フラワーBOX
リビング
ホール
物入
クローゼット
玄関
1階

白い家
（加納邸）

描かれている。

現場名は——白い家となっていた。その下には『加納邸』とも書かれている。調査日誌に書いてあった、白い家の施主の苗字《みょうじ》だ。

白い家の図面を見るのは初めてだったので、思わず動きを止めて見入ってしまう。ソファーの方から天木に「織家くん」と呼ばれ、慌ててそちらに向かった。

三人掛けソファーに腰を下ろした天木は、頭の中を整理するように天井を見上げると、程なくして口を開いた。

「僕は動画を古い順に観ていたが、あの後も斑間は家の中に固定カメラを据えただけの動画をいくつか上げていた。一晩ライブ配信を行ったアーカイブなどもあったが、結局あの百十万再生の動画を超えるような映像はなかったよ」

「でも、それならやっぱり霊道は斑間邸に開通していると考えた方が自然ですね」

「そのことなのだが、斑間は半年ほどすると自宅内の固定カメラ映像を一切上げなくなっていた。その頃から髪を赤く染めて、あらゆる場所や方法で霊をカメラに収めようとする今のやり方に切り替えたようだ」

「半年後ということは……ちょうど白い家が完成した頃ですね」

織家が時系列を整理すると、天木は頷《うなず》いて見せた。

「自宅内の霊道の動画を上げなくなった理由は、飽きられて再生数を稼げなくなったからなのか。もしくは——霊道が閉じ、怪現象が起こらなくなったからなのか」

天木の推測に、織家ははっとする。てっきり前者とばかり考えていたので、後者は寝耳に水だった。

「火災で亡くなった大崎一家三人の霊は、成仏してしまったということでしょうか？」

「もしくは、通る理由がなくなったのか。ひょっとすると、訳あって別の場所に留《とど》まっているのかもしれない。例えば、白い家とかな」

斑間は、白い家の完成後に自宅内の霊道の撮影を止《や》めている。仮に斑間邸に出ていた霊が白い家に移動したため心霊映像が撮れなくなったからだと考えるならば、織家が完成見学会の日に出会ったクローゼットの中の霊から焦げ臭さを感じたことにも説明がつく。

「……ですけど、大崎さん一家の霊が白い家に移動したから斑間邸に出なくなったというのは、少し都合が良すぎませんか？」

仮説であることは承知しているが、その考え方は少々天木の独りよがりな気がした。しかし、そこを突かれることは想定済みだったらしく、彼は余裕の笑みを披露する。

「では、まずその図面をテーブルに置いてくれ」

天木に言われて、織家は自分が図面を持ったままであることを思い出した。それをローテーブルの上に置くと、天木は胸ポケットから取り出したペンを指示棒代わりに斑間邸の図面を用いて説明に入る。

「まず、港の見える丘公園は建物の南西に位置している。そして、北東に横浜港がある。

この場合、霊は斑間邸内をどのように通っていくと思う？」

問われて、織家は図面に目を落とした。

「普通は玄関から入って、廊下を通り、北東の窓のどちらかから出て行くんじゃないでしょうか？　あ、でも霊だから壁でも何でもすり抜けていくんですかね？」

「いや、君の考えで正しいよ。霊体になろうが、生前の擦り込みはそう簡単に消えるわけではないと僕は考える」

思い至ったのは、コーポ松風に出た階段を上る霊だった。霊なのだからふわりと飛んで二階に行けばいいのに、あの霊は律儀に階段を一段一段上がっていた。

「向かう先に玄関があるならそこから入るし、出口も窓があるならそこから出ようとして当然だろう」

「確かに、そうかもしれませんね」

「では次に、出口となる北東の窓が通れなかったとしたらどうだ？」

尋ねながら、天木は自身のスマホを取り出した。表示して見せたのは、動画のスクリーンショットのようである。

そこには、何かを話している様子の斑間が映っていた。まだ黒髪なので、自宅の霊道が生きていた頃と思われる。背景に映る格子状の障子の辺りには、お札のようなものや盛り塩、パワーストーンや経典などが飾られていた。

「ここって、一番北東側の和室ですよね？」

「ああ。彼はここを撮影部屋にしていたようで、背景をオカルトチャンネルっぽく賑《にぎ》やかにしようといろいろ飾っていたようだ」

あまり意識して観ていなかったが、織家の観てきた動画の背景も確かにこのような雰囲気のものが多かったような気がした。

「この並べられたグッズの中に、本当に霊を撥《は》ね退《の》ける効力を持つものが混ざっていたのではないかと僕は考える。もしくは、霊にいなくなられると困る斑間が意図して出口となる北東側に塩でも撒《ま》いていたのかもしれない」

真意はどうあれ、天木はそういった理由で霊が北東側の窓から外へ出られなくなったと考えているようだ。

「抜けられない場合、霊はどうなるんです？」

「決まっている。曲がるしかない。和室で左折しても、そこの窓がタンスで塞《ふさ》がっていることは動画内で確認済みだ。生前の常識から抜け出しきれていない霊なら、普通は右折した先にある窓か、もしくはその手前の勝手口から出ようとするだろう。そして、白い家は斑間邸の右隣に立っている」

天木は、斑間邸の図面の横に白い家の図面を並べて見せた。

「二軒の並び方は、おおよそこのような感じだ。どう思う？」

「……霊が斑間邸内で右折したと考えると、和室の窓を出た先には白い家の勝手口があり、斑間邸の勝手口を出た先には白い家の窓がありますね」

「ああ。この状況から考えて、僕は霊が白い家に入り込んでいたとしても不思議ではないと考えている」

以上が、天木の行き着いた仮説のようだった。とはいえ、まだまだ疑問は残る。

「その説が正解だとしても、霊道はまだ斑間邸を経由して白い家に繋《つな》がっていますよね？」

「そうだな。霊がそのまま白い家の中に留まったと考えれば、斑間邸に出なくなったことにも説明がつき、白い家に巣くう怪異は大崎一家の霊であると納得できなくもないのだが……肝心の霊が留まった理由に関しては、まだはっきりとしていない」

仮説とはいえ、数少ない情報でここまで構築できたのはさすが天木だろう。しかしながら、全てすっきり纏《まと》まるには至らなかったようだ。

自分も質問ばかりでなく、可能性の一つでも提示できればいいのだがと、織家はテーブルの上の図面をじっと眺める。しかし、なかなか天木のようにはいかないものだ。

仮説が浮かばない代わりに、疑問点ばかりが増えていく。一番気にかかるのは、現在白い家を支配している霊の強さである。

他者にルールを押し付けるうえに、天木や除霊師を入院させるまで追い込んだ強力な怪異。大崎一家の霊がそんなにも強力であるとするならば、斑間はなぜ何事もなく動画を上げ続けることができていたのだろうか。

「織家くん」

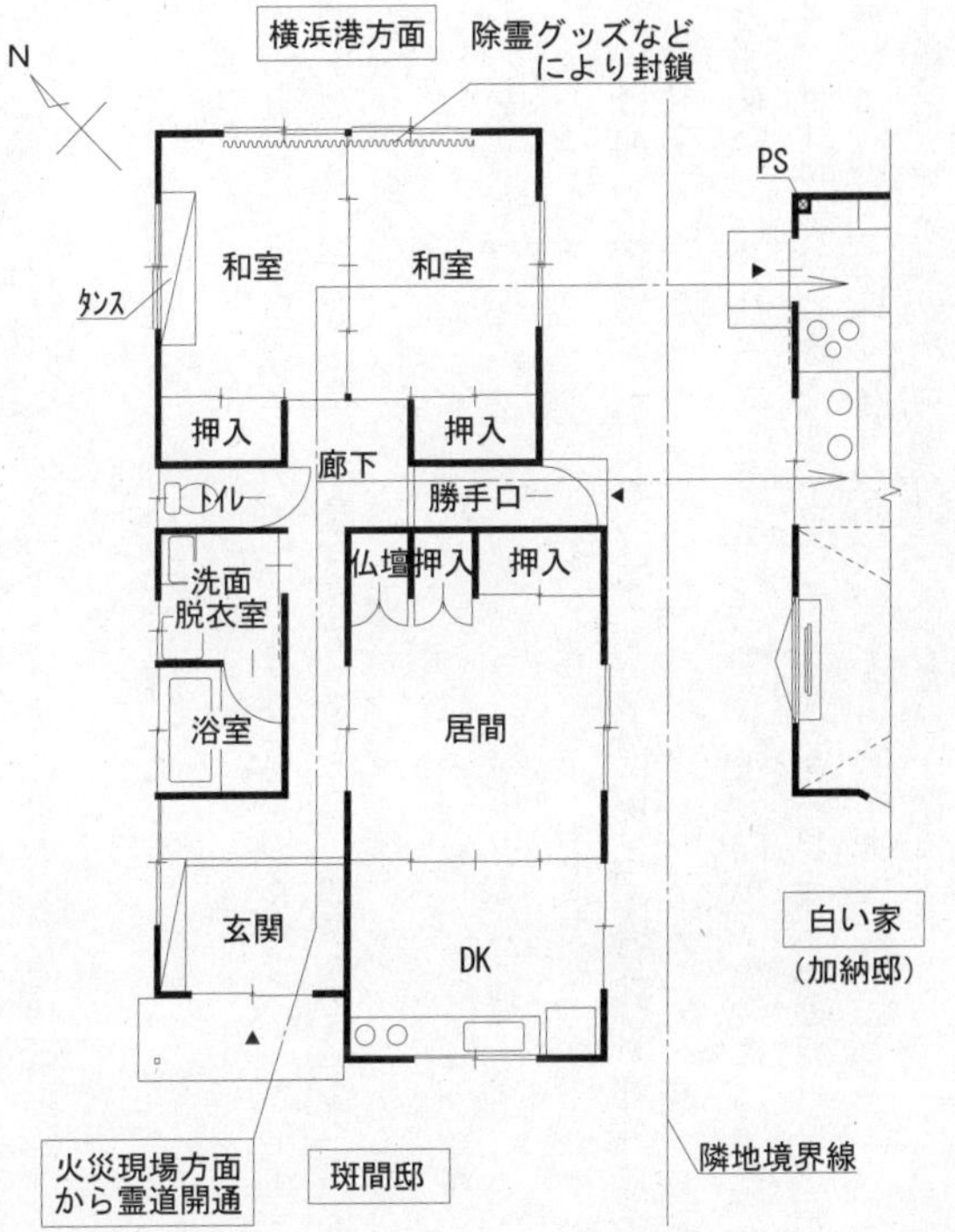
横浜港方面
除霊グッズなど
により封鎖
N
PS
和室
和室
タンス
押入
押入
廊下
トイレ
勝手口
仏壇
押入
押入
洗面
脱衣室
浴室
居間
玄関
DK
白い家
（加納邸）
火災現場方面
から霊道開通
斑間邸
隣地境界線

一人考え込んでいると、不意に天木から声をかけられた。伏せていた顔を上げると、天木が珍しく眉《まゆ》を垂れている。その顔は、どことなく注射の順番を待つ子どもを髣髴《ほうふつ》とさせた。

「次の日曜日、僕は空橋と二人で埼玉まで行ってくる」

「はあ、埼玉ですか？」

きょとんとしながら訊《き》くと、天木は小さく溜息《ためいき》をつく。

「気は進まないが、仕方がない。駄目元ではあるが、加納さんに……白い家の施主に話を聞きに行ってくる」

◆

夫の名前は加納正路で、妻の名前は舞。二人は現在、埼玉県の郊外にある正路の実家で暮らしているらしい。

現在の加納邸へは、社用車である赤いビートルで向かうことになった。車内に空橋の姿はなく、助手席には織家が乗っている。そこから見る天木の目は、進行方向を見ているようでいて、どこか遠くを見つめているようにも思えた。

沈黙を重苦しく感じ始めた織家は、天木に話を振る。

「空橋さん、仕事で来られなくて残念でしたね」

「まあ、仕方がないな」
「これまでに、加納さんから白い家の怪異に関する話を聞いたことはないんですか？
一番情報を得られると思うんですが」
「……そうだな。調査を進めるうえで、やはり住んでいた当人の話というのは最重要と
言ってもいい。だが、相手にされないんだ。加納夫妻にとって、僕はお化け屋敷を建て
た張本人のようなものだからな」
それこそが、天木の表情が浮かない原因のようだった。
天木は何も悪くない。そんなことは、加納夫妻も理解しているのだろう。だが、何か
に当たらなければ、夢の我が家を正体不明の何かに乗っ取られたという怒りが収まらな
い気持ちもわかる。
霊が原因で生まれるストレスは、とにかくぶつけどころがない。そのことを、霊感持
ちの織家は誰よりも理解していた。
四年半前から現在に至るまで、加納夫妻の怒りの矛先は天木に向いたままなのだろう。
「今日もとんぼ返りになる可能性の方が高い。すまないな、織家くん」
珍しく自信のなさそうな天木を見つめながら、織家は昨日の空橋との電話の内容を思
い出していた──。
「え、空橋さんの代わりに私が天木さんに同行するんですか？」

昨晩のこと。空橋からの電話を取ると、彼は埼玉行きを自分と代わってくれと頼んできた。

『ごめんね。どうしても外せない仕事が入っちゃって』

「うーん。それなら無理強いはできませんね……わかりました」

『ありがとね。でも、俺より織家ちゃんが行った方がいいとは思っていたんだ』

空橋は少し間を置くと、そっと優しく言葉を紡ぐ。

『織家ちゃん。天木を支えてやってくれ』

「支えるって……どうしてです？」

『行けばわかるよ。酷な役割を押しつけちゃって、ごめんね』

その言葉を最後に、空橋との通話は切れてしまった。

昨晩空橋に言われた言葉の意味を考えているうちに、車はいつしかずいぶん開けたところを走っていた。高速道路に沿うように通る県道から見える畑の向こうには、背の高い鉄塔が等間隔に立っている。

「ここだ」

そう言って、天木はハンドルを切った。停車したのは広々とした敷地の一角で、車から降りると庭木の奥に数台の車と目的の建物が見えた。

加納邸は、二階建ての家屋に六角形でとんがり帽子を被《かぶ》った塔をくっつけた、クラシックな洋館のような見た目をしていた。白で統一された外壁は、定期的に塗り直しているのか真っ白である。一目見ただけで、加納夫妻は実家であるこの家に憧《あこが》れて白い家を建てたのだと理解できた。

「今更ですけど、今日伺うことは連絡しているんですか？」

「いや、していない。断られるのは目に見えているからな」

つまり、アポなし訪問ということだ。車は三台も停まっているので、少なくとも夫妻のどちらかは在宅だと思われる。

「話をしてくる。少しここで待っていてくれ」

告げる天木の顔が優れないのは明らかだった。織家の頭の中に、空橋から言われた言葉が蘇《よみがえ》る。

『天木を支えてやってくれ』

気がつけば、織家は彼のスーツの袖《そで》を摑《つか》み止めていた。

「私も一緒に行きます」

振り返る天木に告げると、彼は珍しく戸惑っているようだった。

「しかし」

「行かせてください。私だって、天木建築設計の一員なんですから」

天木の目をまっすぐに見つめ返すと、彼はこちらが折れないと踏んだのか、溜息交じりに「後悔しても知らないぞ」と小さく笑った。

二人で玄関へ移動し、インターホンを押す——というところで、織家の足に突如として何かが絡みつくような感触があった。

「ひゃあっ！」

驚きの声を上げて足元を確認すると、なぜか暖かそうな上着を着込んだ小さな男の子が両足に抱き着いていた。

「あれ？　違う！　おねーちゃん誰？」

「えっ？　あー、えっとね」

「あ、駄目よ誇白《こはく》！」

受け答えに困っていると、庭から慌てた様子で女性が駆けてきた。朧《おぼろ》げだが、その顔には見覚えがある。完成見学会の日に見た加納夫妻の妻の舞だ。

「すみません。この子、先日うちに来た親戚《しんせき》のお姉さんとあなたを間違えたみたいで」

「いえいえ、全然構いませんよ」

誇白と呼ばれた男の子は、見たところ四、五歳といった年頃だろう。完成見学会の日に舞のお腹は大きく膨らんでいたので、その時の子と思われる。

こちらをじっと見上げている誇白にひらひらと手を振ると、彼は今更のように初対面の相手である織家に警戒心を示し、母親の後ろに隠れてしまった。

「ところで、うちに何かご用でしょうか……」

尋ねた直後に、舞は天木の存在に気づいたようだった。彼の顔と夢のマイホームがあんなことになってしまったという記憶は、嫌でも結びついてしまうのだろう。彼女の顔は、見る見る嫌悪に満ちていく。

「大変ご無沙汰《ぶさた》しております、加納さん」

天木は深く頭を下げる。

「……帰って！　あなたと話すことは何もありません！」

舞から返されたのは、拒絶の言葉だった。

こうなることは、天木からしてみれば来る前からわかり切っていたことだ。だから彼は最初から気が進まない様子であり、白い家に関する途方もない調査を続けながらも、もっとも有力な情報を引き出せるであろう加納夫妻とまともに話をできずにいた。

舞の大声を聞き、玄関から血相を変えて男性が現れる。その顔にも見覚えがあった。夫の正路で間違いない。

正路は天木を見ると、妻が大声を上げた理由を理解した様子だった。

「天木さん……」

「お久しぶりです」

頭を下げる天木を無視するように、正路は誇白を家の中に入れて外からドアを閉めた。

「何の用ですか？　あなたと話すことは何もありませんよ」

正路は静かに、それでいて心の内の煮えたぎるような感情をひた隠しているような声で、舞と同じ拒絶の言葉をぶつけてくる。

「私たちは今、どうにか幸せにやっている……と思う。お前の顔なんて見たくない」

「あなたの顔を見ると、思い出してしまうの。わかるでしょ？　わかったなら帰って！」

夫妻からの要求に、天木は何も言い返せず俯《うつむ》いていた。こんなにも小さくなっている天木を、織家は初めて見た。

いつでも自信満々で、何でもできて、困っていると必ず助けてくれる。かつての自分が――いや、今でも憧れている彼が、成す術《すべ》なく酷《ひど》い言葉を浴びせられている。

織家の心に宿ったのは、哀れみでも悲しみでもなく、ひたすらに強い怒りの感情だった。

「――ちょっと待ってください！」

自分でも驚くほどの大きな声が、場の空気を変えるのがわかった。しかし、恥ずかしさなど微塵《みじん》も感じない。織家は今、怒っているのだ。目を丸くしてこちらを見ている天木のことなどお構いなしに、夫妻へ捲《まく》し立てる。

「さっきからおかしいですよ！　あの家に怪現象が起きるのは天木さんのせいですか？　天木さんはお二人の要望に沿った家を建てただけじゃないですか！　感謝こそされても、貶《けな》される理由はありません！」

頭に血が上っていくのを感じる。

「天木さんは、あの家を買い取りまでしたんですよ。しかもゼロからオカルトを学んで、余所《よそ》の事故物件の調査までして、どうにかしてあの家をまた人が住める状態に戻そうとしているんです！　信じられますか？　正直呆《あき》れますよ！」

「織家くん、落ち着いて」

「天木さんは黙ってて！　私は、あの家の完成見学会に行って建築の道を志しました。あの家を建てた天木さんのことを尊敬しています。彼は私の憧れです！　夢です！　だから――」

周囲からの視線を受けて、織家は自分がやらかしてしまったことをゆっくりと自覚してきた。白熱したせいで、着ているコートの中は酷く熱を持っている。

「……ええと、その、あのですね」

言い訳も纏《まと》まらないまま織家が口を開いたところで、正路が玄関のドアを開けた。あ、呆れて家の中に戻られてしまう。そう思ったのだが――。

「……どうぞ、上がってください」

正路は、織家たちを中へと招いてくれた。呆然《ぼうぜん》と立ち尽くしていると、隣に立つ天木が玄関に向かって歩き出す。織家も慌てて後に続いた。

「そうか。君は僕に呆れていたのか」

天木の呟《つぶや》きに、織家ははてと首を傾げる。しかし、思い返してみれば勢いでそんなことを口走ったような気もした。

「いや、あれは言葉の綾《あや》と言いますか……」

「冗談だ。ありがとう」

前を行く天木が、小声で礼を述べる。その表情は後ろからではよく見えなかったが、何となく嬉《うれ》しそうにしているように思えた。

少しくらいは、天木の助けになれたのだろうか。空橋に言われた通り、彼の支えになれただろうか。

◆

通されたのは、八畳の和室だった。和室と言っても壁と天井は壁紙で覆われ、化粧柱も見えていない。畳以外はほぼ洋間のシンプルな造りである。

上着を脱ぎ、出された座布団に天木と並んで座る。直後、どたどたと走る音を携えて誇白が和室に入ってきた。

「あそぼー!」

「駄目よ誇白。おばあちゃんのところでいい子にしててね」

母親にそう言われると、誇白は「ちぇー」と可愛い悪態をついてまたどたどたと廊下を走っていった。

「お茶を淹《い》れてきますね」

舞はそう言い残し、正路と共に一旦《いったん》和室から出て行った。織家はどうにも落ち着かず、行儀が悪いとは思いつつも周囲をきょろきょろと見渡す。

不意に、正面にある仏壇が織家の目に留まった。遺影の中で笑っているのは――誇白だった。

「えっ？」

我が目を疑った織家は、身を乗り出してもう一度遺影をよく確認する。すると、その子は誇白とよく似てはいるものの、違う子のようだった。

「天木さん。この子は一体……？」

「……咲也《さくや》くん。誇白くんのお兄ちゃんだ」

この時、織家の頭の中には天木から見せてもらった白い家の間取り図が広がっていた。白い家の二階の子ども室は、一人用にしては面積も広く、入り口も二か所ついている。

しかし、それは子どもが今後増える可能性を見越しての造りだと織家は勝手に思い込んでいた。現に、できるかもわからない子どものために新築の部屋数を着工時の家族の人数分より多くする施主は決して少なくない。

だが、白い家に関しては違う。新築完成の時点で、加納夫妻には兄の咲也とお腹の中の弟の誇白という二人の息子がいたのだ。完成見学会の日に咲也の姿が見えなかったのは、来客者の邪魔にならないようどこかへ預けられていたと考えるのが自然である。

「……咲也くんは、なぜ亡くなったんですか？」

天木は、声を潜めて問いに答える。

「階段からの転落死だ。越してから、たった二週間後のことだった。勝手に上らないよう階段には柵《さく》をしていたらしいのだが……」

つまり――白い家は、正真正銘の事故物件なのだ。

事故物件情報サイトに詳細が載っていないのは、ニュースにならなかったからだろう。不慮の事故で子どもが自宅内で死亡しても、事件性がなければ基本的には公表されない。それでもサイトに原因不明の事故物件として載せられているわけは、ネット上で心霊スポット扱いされていることが原因と思われる。

天木の日誌にも、完成後まもなく正路からとても悲しい連絡が入ったと書かれていた。あれは、咲也の死のことだったのだろう。

加納夫妻の天木に対する態度は、行き過ぎだとは思っていたのだ。天木しか八つ当たりできる相手がいないのはわかるが、白い家で快適に暮らせなかった原因が心霊現象であることは、夫妻が誰よりも痛感しているはずであり、そこに天木の責任がないことも承知していて然《しか》るべきである。

それでも天木を過度に避け、必要以上に強く当たってしまい、天木もそれを黙って受け入れていた理由。――それこそが、咲也の死だったのだ。

「何で私に教えてくれなかったんですか？」

「……すまない。憧《あこが》れの家が事故物件だと知ったら、君が落ち込むと思うとなかなか言い出すことができなかった」

確かに、天木と出会った当初の織家であればそうだったかもしれない。だが、今は違う。

「馬鹿にしないでください。私だって、一緒に事故物件を調査してきたんです。今更そんなことで白い家を嫌いになったりしませんよ」

「そうだな。そう言ってくれるとは思っていたんだ……ありがとう」

短いスパンで、二度もお礼を言われてしまった。今日の天木は、少し素直過ぎる気がして調子が狂ってしまう。そこへ、四つのカップを載せたお盆を持つ正路と舞が戻ってきた。

西洋風のカップには、琥珀色《こはくいろ》の飲み物が注がれていた。フルーティーな香りがするので、おそらく果実系の紅茶だろう。それを座卓に並べ終えると、夫妻は織家と天木の対面に座った。

そのまま、しばらく静寂の時が流れる。口火を切ったのは、険しい表情を崩さない正路だった。

「天木さん、要件は何ですか？」

「……単刀直入に申し上げますと、あの家で起きた怪現象について一から詳しく話を聞かせていただきたいのです」

天木の申し出に対し、舞は口元を歪《ゆが》ませた。それは、息子の咲也が亡くなった頃を思い出せと要求しているに等しい。当然の反応と言えるだろう。

「天木さん。いい加減に」

舞が天木に何か言いかけたのを、正路が片手で制した。

「わかりました。お話ししましょう」

正路の承諾を受け、天木は僅《わず》かに驚きを見せていた。舞も信じられないという視線を夫に向けている。

「あなた……いいの？」

「ああ。いつかは向き合わなければと思っていたんだ。そちらのお嬢さんに怒られて、目が覚めましたよ」

「あの……申し訳ありません。私、勝手なことを言ってしまって」

織家が事情も知らず言い過ぎたことを謝ると、正路は柔らかな笑みを見せてくれた。

「いいんですよ。あなたのおかげで思い出したんです。あの家は、私と妻にとっても大切な家だったことを。本当にあの忌々《いまいま》しい怪異を取り除き誰かが住めるようになるというのなら、協力させていただきます」

夫の言葉で、舞も当時のことを思い出したのだろう。きっと何度も打ち合わせや変更を重ねたに違いない。迷いや苦労もありながら完成した我が家が心霊スポットになっている現状を、快く思っているはずがないのだ。

「……主人がそう言うなら、私も協力します」

舞の承諾も得られると、織家は天木と共に深く頭を下げて礼を述べた。各々《おのおの》が紅茶を口にしてから、いよいよ天木念願の聞き込みに移る。

「まず、怪現象に気づいたのはいつ頃からでしたか？」

天木の問いに、正路が答える。

「引っ越してすぐのことです。もっとも、私たちが気づいたというよりは、咲也が気づいたのですが」

大人よりも子どもの方が霊を察知しやすいというのは、有名な話である。

「咲也は、私たちには見えない誰かと遊んだり話したりしていました。気味悪く思ったのですが、ネットで調べると幼いうちはよく見られることだと出てきたので、気にしないようにしていたんです。……今にして思えば、それが間違いでした」

それが咲也の死に対する後悔であることは、訊《き》くまでもなかった。

「勝手に階段を上らないよう取り付けていた柵は、締め忘れていたんですか？」

「もちろん忘れず締めていました。咲也には開けられないはずなのに、なぜか開いていたんです。そして、あの子は……」

フラッシュバックする辛《つら》い記憶に、正路は頭を押さえ小さく呻《うめ》いた。

不自然な柵の状態も含めて、夫妻は息子の死にその霊が絡んでいると考えているようである。

「……その後、出産を控えた妻は一旦実家に帰り、家には私一人になりました。広い家に一人きりというのは、何とも寂しいもので、自然と気も滅入ってきます。そんな矢先、私は庭であるものを拾いました」

「あるもの？」

その話は、天木も初耳のようだった。正路は話を続ける。

「ぬいぐるみです。白いふわふわの毛並みをしたクマのぬいぐるみが、庭先に落ちていたんですよ。可哀想なことにカッターが突き刺さっていたので、傷跡を縫ってあげました」

「……それは、いつ頃のことですか？」

「咲也が亡くなってから、二週間後くらいだったでしょうか。それを飾ると、家の中の淀《よど》んだ空気が少しだけ晴れたような気がしました」

ぬいぐるみとは、癒しを求めて飾るものだ。家に一人きりという寂しさを埋めてはくれるだろう。だが――。

「あなた、そんなことをしていたの？」

舞の信じられないという反応は、織家の内心と同じものだった。ぬいぐるみのことは、実家に帰っていた舞も知らなかったようである。いくら可愛くて可哀想に見えたとしても、普通外に落ちていた刃物付きのぬいぐるみを家の中に持って入るとは思えない。

そんなにおかしいだろうかと、正路は困った様子で首を傾げている。

「正路さん。そのぬいぐるみの特徴を教えてくれませんか？」

天木に問われ、正路は腕を組み記憶を遡《さかのぼ》る。

「クレーンゲームの景品くらいの大きさで、テディベアのような座りポーズをしていました。あとは……そうだ。腹部に赤い糸が蝶々《ちょうちょう》結びしてありましたね」

その話を聞くなり、天木は座布団から立ち上がった。驚きつつ見上げる天木の表情は、困惑に満ちている。彼は自分が周囲を戸惑わせていることに気づくと「失礼しました」と座布団の上に正座で座り直した。

「そのぬいぐるみに、他に何か気になる点はありませんでしたか？」

天木に促され、正路は語りを再開する。

「とにかくよくなくなったんですよ。咲也が見ていた霊の仕業なんですかね？　そして、毎回意外なところから見つかるんです」

「その場所を覚えていますか？」

問いつつ、天木は鞄《かばん》から白い家の間取り図とペンを取り出し座卓の上に広げた。加納邸を訪れる前はあんなに消極的だったのに、いざ話が聞けるようになるとずいぶんと積極的である。いつもの天木らしさが戻ってきたと、織家は密《ひそ》かに喜んだ。

正路はペンを取り、思いつく限りの場所に丸印をつけていく。サンルーム、浴室、洗面スペース、ダイニング横のクローゼット、階段下の物入れ。印がつけられたのは、この五か所だった。

「見つけると飾り直し、それがまた気づかないうちになくなる。そんなことを繰り返していました」

「そんな状況で、よく住み続けていましたね」

口を挟んだ直後、織家は余計なことを言ってしまったと後悔した。念願の我が家なのだから、そう簡単に手放したくないのは当然だというのに。

織家がやらかしたと思っていることを察してか、正路は朗らかな顔で「お気になさらず」と気遣いの言葉をかけてくれた。

「自分でも不思議なんですが、些細《ささい》なゲームのようで少し楽しかったんですよ。霊と遊ぶのが楽しいなんて、私も相当メンタルがやられていたのでしょうね」

夫がそんな状態になっていたことを知らなかったのだろう。舞は正路の肩にそっと手を触れ、労《いたわ》るような視線を向けていた。

妻に優しい目を向けた後、正路は再び険しい顔を見せた。

「私が白い家から逃げ出したのは、ぬいぐるみを拾ってから大体一週間後のことです。深夜に家を飛び出した私は、そのまま天木さんに電話をかけましたから、覚えていますよね？」

「はい。あの時の正路さんは取り乱していたので、とにかく恐ろしい目に遭ったのだということ以外はわかりませんでしたが」

天木に見せてもらった日誌には、確かにその時のことが記載されていた。

「ええ……あの姿は、忘れたくても忘れられない。――化け物ですよ、天木さん！　あの家には、人知を超えた恐ろしい化け物が住み着いているんです……！」

両手で顔を覆う正路は、肩で荒々しく呼吸している。そんな夫を支えながら、舞は天木へ懇願するように訴える。

「もういいでしょう、天木さん！　これ以上はどうか……お願いですから……」

正路の状態から、天木も引き際と判断したようだ。彼は「ご協力ありがとうございました」と頭を下げると、飲みかけの紅茶を置いたまま立ち上がった。

玄関を出る際、正路が頭を押さえながら見送りに現れる。彼は無理に笑顔を作ると、震える唇を開いた。

「天木さん……あの家を、お願いします」

絞り出すようなその言葉を受け取った天木は「必ず」と答え、二人は加納邸を後にした。

◆

数日後。

大学の図書室にて、織家は一人ノートに向かっていた。とはいっても、勉学に勤《いそ》しんでいるわけではない。自分なりに白い家に関する情報を纏《まと》めているのである。

図書室ではお静かにというルールを破り聞こえてくる話の中には、やたらと『クリスマス』という単語が飛び交っている。ふとスマホを確認すると、今日はもう十二月二十二日だった。白い家の件で、すっかり頭から抜け落ちていた。

加納邸から戻って以来、天木は表の仕事も手につかないようで、ずっと事務所の二階のオカルト部屋に閉じ籠《こも》っていた。おそらくは、加納夫妻から得られた貴重な情報をあらゆる角度から検証しているのだろう。

織家も、天木の推理が終わるのをぼんやり待っているわけにはいかない。ほんの僅《わず》かでもいいから力になりたいと、現在得られている情報を時系列でノートに書き出してみた。

・約五年前

港の見える丘公園を挟んだ西側のスポーツ施設の駐車場にて車が炎上。中から大崎一家三人の焼死体が出てくる。一家心中か。

その後、白い家の隣家の斑間邸に霊道が開通し、斑間さんが霊の撮影に成功。心霊系動画投稿者としての活動を始める。

・約四年半前（五月頃）

白い家が完成。私が住宅完成見学会へ行く。そこでクローゼットの中で霊の血走った目を目撃し、焦げ臭さを感じる。この時既に斑間邸の霊道は曲がっており、大崎一家の霊が白い家に流れ込んでいたと天木さんは推理している。しかし、霊が白い家に留《とど》まる理由は不明。

加納家が引っ越し、白い家での暮らしが始まる。

この辺りから、斑間さんは自宅での霊の撮影動画を上げなくなる。大崎一家の霊が出なくなったことが原因か。斑間さんはチャンネルの方針を変更する。

引っ越し後、間もなく加納家の長男・咲也くんが階段から転落し亡くなる。勝手に上らないようつけられていた柵《さく》は、なぜか開いていた。

咲也くんは自宅内で霊を見て会話をしていた。大崎一家の霊だろうか。
・それから二週間後
正路さんが庭で白いふわふわとした毛並みのクマのぬいぐるみを拾う。カッターが突き刺さり、腹部に赤い糸が蝶々結びされていた。寂しさを紛らわすために自宅に飾ると、定期的になくなった。これも大崎一家の霊の仕業か。
・さらに約一週間後
正路さんが深夜に自宅で化け物と遭遇。白い家から逃げ出し、天木さんに電話をかけた。

織家はページを捲《めく》り、次いで現在わかっている白い家のルールを纏める。

・白い家についてわかっていること
白い家は、昼夜問わず一人でなければ入ることができない。一人が入ると、残りの人は入るという意思そのものを拒絶される。

深夜に入った一人は、明け方まで外へ出ることができない。中に入ると、強い恐怖感からどこかに隠れて震えることしかできなくなる。明け方に無事外に出られたとしても、精魂尽き果てて入院する羽目になる。天木さんの場合は、過度のストレスから胃に穴が開いていた。

書き終えたノートを目の高さに掲げ、織家は渋い顔をする。

白い家に居座っている可能性のある霊は、大崎一家の霊、咲也の霊、そして正路が見た化け物の三種類。その中で、化け物だけ出所がわかっていない。

大崎一家の霊や咲也の霊が悪霊化して化け物となったとも考えられるが、織家的にはどうにもしっくりこなかった。霊がそんなに簡単に化け物と呼ばれる存在に成り果てるのなら、織家の目に映るこの世界はきっと地獄のような有様になっているだろうから。

「織家、何してんの？」

不意に後ろから話しかけられ、織家は驚きと同時に振り返る。そこには、七瀬の姿があった。

「もー。急に後ろから話しかけるのやめてよ」

「ごめんごめん。で、何見てたの？」

「白い家の件だよ。纏めてはみたものの、さっぱりわかんなくて」

彼女には、白い家に関しても以前話したことがある。

ノートを差し出すと、七瀬は興味深そうに文字列を目で追っていく。七瀬に読まれるなら、もっと綺麗《きれい》に書けばよかった。そんなことを思った矢先のことだった。

「……これってさ、ひとりかくれんぼに似てない？」

七瀬の口から、聞き慣れない言葉が飛び出した。首を傾げると、彼女は簡単に説明してくれた。

「ひとりかくれんぼは、降霊術の一種だよ。深夜に一人で行って、相手役としてぬいぐるみを使うの」

深夜、一人、そしてぬいぐるみ——。確かに、ノート内のキーワードがいくつか当て嵌《は》まる。

「七瀬、何でそんなこと知ってるの？　まさか、試したりとか」

「してないよ！　っていうか、結構有名だよ？　大物動画投稿者の人とかもやってるし。やり方もネットにいくらでも載ってるよ」

七瀬は取り出したスマホを慣れた手つきで操作すると、ひとりかくれんぼのやり方が纏められたサイトを見せてくれた。

ひとりかくれんぼのやり方

1．手足のあるぬいぐるみを用意して、名前をつけ、詰め物を全て取り出す。代わりに生米と自分の体の一部（爪、髪、血など）を入れ、赤い糸で縫い合わせる。余った糸は、ぬいぐるみに巻きつける。
2．深夜三時から始める。
3．隠れる場所（押入れなど）に、コップ一杯の塩水を置いておく。
4．ぬいぐるみに対して「最初は○○が鬼」と三回唱え、水を張った風呂桶《ふろおけ》などに入れる。
5．部屋に戻り、照明を全て消し、テレビだけがついた状態で目を閉じ十秒数える。
6．風呂場へ戻り「○○見つけた」と言い、ぬいぐるみを刃物で刺す。「次は○○が鬼」と言い終えたら、すぐに塩水を置いた場所に隠れる。
7．成功した場合、家の中で何らかの霊障が起こる。

ひとりかくれんぼの終わらせ方
1．必ず二時間以内に終わらせること。
2．コップの塩水を口に含み、風呂場へ向かう。この時、何を見ても絶対に塩水を吐き出してはいけない。
3．ぬいぐるみに残った塩水をかけ、口の中の塩水も吹きかける。そして「私の勝ち」と唱える。
4．使用したぬいぐるみを焼却処分する。

ひとりかくれんぼの注意点
1．途中で投げ出してはいけない。
2．ぬいぐるみが風呂場から移動していても焦らず捜す。この際、外へ出てはならない。
3．明かりは必ず消す。
4．隠れている時は静かにする。
5．必ず家の中で一人で行う。

読み終えた織家は、思わず「これだ！」と大声を上げてしまった。周囲から視線が集まるのも気にせず、手早くノートと筆記用具を片付ける。

「ありがとう七瀬！　あ、そのサイト後で私に送っておいて！」

「う、うん。わかった……」

七瀬は呆気《あっけ》に取られているが、今は説明している暇はない。一刻も早く、この情報を天木に届けなければ。

◆

「ただいま帰りました！　聞いてください天木さん！」

事務所に帰るなり、織家は手洗いうがいもすっ飛ばして天木に声をかけた。応接スペースには天木と、空橋の姿もある。これは都合がいいと、織家は七瀬に送ってもらったサイトをスマホに表示して二人に突き出した。

「お二人共、これ見てください！」

白い家の抱える事情との類似点の多いひとりかくれんぼの情報を見せるも、天木と空橋の反応は薄かった。織家は、ローテーブルの上に同じようなサイトを印刷した資料が広げられていることに遅れて気づく。

「織家くんも気づいたか」

感心した様子の天木を前に、織家は七瀬に聞いたとは言えず曖昧《あいまい》な返事をした。思い返せば、天木は正路からぬいぐるみの話を聞いた際に過剰な反応を見せていた。

「天木さんは、いつからひとりかくれんぼの可能性に気づいていたんですか？」

「かなり以前から、ずっと引っかかってはいたんだ。白い家のルールとひとりかくれんぼには、共通点が多すぎるからな」

どうやら、織家が思っているよりもずっと昔から怪しいと思ってはいたらしい。それでも解決できていなかったのは、怪現象の出どころが摑《つか》めなかったからだろう。確証もなしにあの家へ飛び込むのは、あまりにもリスクが大きすぎる。

「それで、どうですか天木さん。何かわかりそうですか？」

「落ち着け。それを今から纏《まと》めるところだ。とりあえず、座るといい」

天木に促され、織家は空橋の隣の一人掛けソファーに腰を下ろした。

そうして、いよいよ白い家で今起きていることの仮説の組み立てが始まる。

「まずはこれを観てくれ」

天木が差し出したのは、自身のスマホだった。画面上で再生されているのは、マダラチャンネルのとある動画である。

動画名は『降霊術やってみた』で、投稿日は約四年半前。

『では本日はですね、ひとりかくれんぼに挑戦したいと思います！』

画面の中の斑間が取り出したのは――テディベアのような格好をした、白いふわふわのクマのぬいぐるみ。

彼はぬいぐるみに『シロ』と名付けると、背中を切り中身を取り出して生米を詰め、自分の爪も投入した後に赤い糸で縫い付けた。そして、余った糸をお腹の辺りで蝶々《ちょうちょう》結びにする。

それらの特徴は、正路が庭で拾ったというぬいぐるみと一致していた。正路は背中の縫い目には気づいていなかったようだが、ふわふわの毛並みに埋もれていたと考えれば不思議ではない。

斑間は水を張った浴槽にぬいぐるみを投げ入れ、照明を全て消してテレビをつけると、十秒カウントしてから浴室へ戻る。そして、ぬいぐるみにカッターを突き刺した。

『次はシロが鬼』

そう宣言し、斑間は押入れに隠れる。そこからは特に何も起こらないらしく、天木は終了間際まで動画をスキップした。

押入れから出た斑間が、浴室へ向かう。すると――ぬいぐるみは、浴槽からいなくなっていた。そこで天木は動画を止める。

「正路さんの拾ったぬいぐるみは、これで間違いない」

天木の見解に、織家は頷《うなず》いた。

「ひとりかくれんぼは降霊術ですから、近くにいた霊がぬいぐるみに憑依《ひょうい》して斑間邸から逃げ出したってことですか？」

「ああ。そして憑依した霊とは、おそらく咲也くんだろう」

天木の言葉で、織家は停止状態の動画に目を移す。投稿時期は約四年半前なので、咲也が死亡した時期とも近い。

「ですけど、斑間邸の近くには大崎一家の霊もいたはずですよね？　何で咲也くんと断言できるんですか？」

「咲也くんなら、自宅へ戻ろうと斑間邸を抜け出したのも説明がつく。それに、正路さんの行動を思い出してみてくれ。カッターの刺さった気味の悪いぬいぐるみを何の疑問も抱かず持ち帰り、生米も見えていただろう傷跡を縫い、大事に飾っていた。それは、中に入っているのが最愛の息子なのだと本能的に気づいていたからではないか？」

確かに、そう考えると正路さんの行動は納得ができた。

「ちょっと待てよ。白い家には一人しか入れず、深夜に入れば明け方まで出られない。そして、中に入るとどこかに隠れずにはいられない。これってまさか……！」

口元を覆う空橋の考えを肯定するように、天木はゆっくりと首を縦に振る。

「そうだ。白い家の中では、今でもひとりかくれんぼが続けられている」

それこそが、白い家で怪現象が起こる理由だった。だが、わからないことはまだ多い。

「ん？　じゃあ、大崎さん一家の霊は結局何だったんです？」

「完成見学会で織家くんが見た霊と、咲也くんが生前に見ていた霊は、大崎一家の霊で間違いないだろう。一家心中の三人の霊は、斑間邸で曲がった霊道の進行方向にあった白い家を訪れた。そして、その場に留《とど》まった。なぜ留まったのかは、まだわからないが」

「……それなら私、何となくわかった気がするんです」

霊の一家の目に映ったのは、織家も惚《ほ》れ込んだあの白い家だ。そして、入居前にちょくちょく訪れていただろう加納親子の姿も見ていたはずである。

「大崎さん一家だって、幸せな生活を思い描いていたはずなんです。でもそれを叶《かな》えられず、どうしようもなくなって死を選んだ。そんな人たちが白い家を見たら……そこで暮らす予定の幸せな家族を見たら、その場に留まりたくなるのは当然だと思うんです」

断言できる理由ならある。他の誰でもない織家自身も、初めて白い家を見た時にそう思ったからだ。そして、そんな家を造りたいと思ったから建築の道を志したのだ。

「見事だ、織家くん。その説で考えよう」

織家の思いも汲《く》み取ってか、天木は柔らかな笑みを見せて織家の仮説を肯定してくれた。そのことが、織家には無性に嬉《うれ》しかった。

「正路さんが見た化け物って、一体何なんだ？」

空橋の疑問に、天木が返す。

「二人は蠱《こ》毒というものを知っているか？」

織家は初耳だったが、空橋は知っているようだ。

「大量の毒虫を同じ空間に閉じ込めて、最後の一匹になるまで食らい合わせるってやつだろ？」

「うぇぇ、何でそんなことするんですか？」

率直な織家の疑問に、天木が答える。

「蠱毒は呪術《じゅじゅつ》の一種だ。最後に残った一匹には、強大な力が宿るとされている。僕は、白い家の中でも同じことが起きているのではないかと思うんだ。ひとりかくれんぼは、常に周辺の霊を引き寄せ続ける。引き寄せられた霊は家を出ることができず、より強い霊に取り込まれる。それを繰り返した末に生まれたのが、化け物なのではないだろうか」

正路が見たのは、降霊術で集められた霊の集合体ということだ。たったの一週間でトラウマになるレベルの化け物が生まれたというのなら——この四年半の間霊を食い続けたその化け物は、現在どれほど悍《おぞ》ましい姿になっているのだろう。

想像するだけで、織家は体中に嫌な汗が滲《にじ》むのを感じた。

「……咲也くんの霊は、ぬいぐるみの中に入ったまま今でもかくれんぼを続けているってことですよね？　そんな化け物がうろつく中で」

「おそらくな。あの子を見つけ出して塩水をかけ勝利宣言をすれば、ひとりかくれんぼを終了させることができる。そうすれば、化け物から白い家を解放できるはずだ」

ついに、問題解決に向けて具体的な一筋の光明が見えた。

「じゃあ、日中に家に入ってぬいぐるみを捜しましょう！　その方が夜より安全ですし」

「いや、それでは駄目だ」

天木は、織家の安全策を突っぱねた。

「なぜですか？」

「ひとりかくれんぼのルールに、始まりは深夜三時とあっただろう。深夜に入った一人が出られなくなるのは、おそらくかくれんぼのプレイヤーとして捉《とら》えられるからだ。そして終了時、つまりは明け方になると解放される。きっちりとルールに則《のっと》るのであれば、深夜三時に家に入り、二時間以内にぬいぐるみを見つける必要がある」

白い家のルールは、人の意思を捻《ね》じ曲げるほど強力なものだ。ならば織家の言う通り、ルールに則った方法で解決した方が間違いないのだろう。

だが、咲也は四年半もの間あの家のどこかに隠れ続けているのだ。誰かが見つけてくれるのを、ただひたすらにじっと待っているはずだ。だとしたら、これ以上は一分一秒でも待たせたくない。

「今夜の深夜三時を迎え次第、白い家の心理的瑕疵《かし》を取り除く」

「待った」

天木の宣言に、空橋が異論を唱えた。

「今日は寝ろ、天木。まともに寝てないだろ」

空橋の言う通り、天木の目は虚《うつ》ろで頭も時折ふらふらと揺れている。

「しかし」

「万全の体調で挑まないと、また入院する羽目になるぞ」

痛いところを突かれた天木は、反論を止《や》めて唇を結んだ。

一刻も早く咲也を見つけてあげたいのは山々だが、そのための準備を疎かにしてはいけない。

「じゃあ、決行は明後日《あさって》……クリスマス・イヴの深夜ですね」

織家が確認すると、天木が少し驚きを見せる。

「クリスマス……もうそんな時季だったか」

「織家ちゃんはいいの？　聖夜《イヴ》に事故物件調査なんて」

空橋の言う通り、言葉にすると最悪かもしれない。

「白い家を救い出せたなら、きっと最高のクリスマスを迎えられますよ！」

臆《おく》せず織家が宣言すると、空橋は笑顔を披露した。

「よっしゃ！　全部上手《うま》くいったら、クリスマスパーティーしような！　天木の奢《おご》りで」

「なぜそうなる」

「やった！　約束ですよ、天木さん！」

織家が便乗すると、天木は頬を緩めて「仕方ないな」と答えてくれた。

◆

そして、運命のクリスマス・イヴが訪れる。

深夜三時前。織家と天木、空橋の三人は白い家の前へとやって来た。門扉を開けると、久々に開くこともあってかギイと嫌な音が鳴る。

敷地内から見上げる白い家は、門扉の外から見るのとでは比べ物にならない迫力に満ちていた。窓の一枚一枚から漏れ出すどす黒いオーラに首を絞められているような、そんな感覚に支配される。

「しっかりしろ」

天木に檄《げき》を飛ばされ、織家は荒くなっていた呼吸をどうにか整える。敷地に入ったくらいで怖がっていては駄目だ。しっかりしなくてはいけない。中へ入るのは、織家ではないのだから。

ひとりかくれんぼの制約の関係上、入ることができるのは一人のみ。そして、その一人には天木が立候補した。

白い家の問題は、ずっと天木が追っていたことである。引導を渡すのは天木であるべきだと織家も思う。しかし、理由はそれだけではない。

家の中には、正路が思い出すだけで苦しむレベルの化け物が徘徊《はいかい》しているのだ。それはおそらく、四年半に亘《わた》り集まった霊が互いを食らい合った末に生まれた何か。その禍々《まがまが》しい姿を一目見れば、織家は卒倒する自信がある。

対して、天木の霊感はゼロなので化け物を見ずに済む。それに加えて、秘密兵器があった。

天木が玄関の取っ手を握り手前に引く。鍵《かぎ》が掛かっているはずのドアは、まるで歓迎でもしているかのようにあっさりと開いた。

僅《わず》かに開いた隙間の向こうは暗闇に閉ざされており、奥から嫌に生温い風が漏れ出てくる。

「織家くん。例のものを」

天木にそう要求され、扉の隙間の奥に見入ってしまっていた織家は我に返り、鞄《かばん》から五百ミリリットルのペットボトルを取り出した。中に入っているのは、塩水だ。

ひとりかくれんぼでぬいぐるみを捜しに行く際に塩水を口に含むのは、そうすることで霊に感知されなくなるかららしい。霊が見えず感知もされないのであれば、後はぬいぐるみを捜すだけ。それならば、然程《さほど》難しくないように思えた。

しかし、もちろんそんなことはない。天木自身も、入院に追い込まれた過去がある。織家が余程不安そうな顔をしていたのか、天木は安心させるように笑みを見せた。

「心配するな。すぐに終わらせてくる」

そんな彼に笑顔で応《こた》えて、ペットボトルを渡そうとした——その時だった。

「ひっ！」

織家が悲鳴を上げたのは、右足に異変を感じたから。見下ろす視線の先では、ドアの隙間から伸びた小さく細い腕が織家の右足首の辺りを摑《つか》んでいる。

その腕は、華奢《きやしや》な見た目からは想像できないほどの力で足を引く。尻餅《しりもち》をついた織家の体は、瞬く間に家の中へと引き摺《ず》り込まれていった。

「織家くんっ！」

天木が手を伸ばす。

「天木さん！」

織家はその手を摑もうとしたが、無情にもドアは閉じられてしまった。

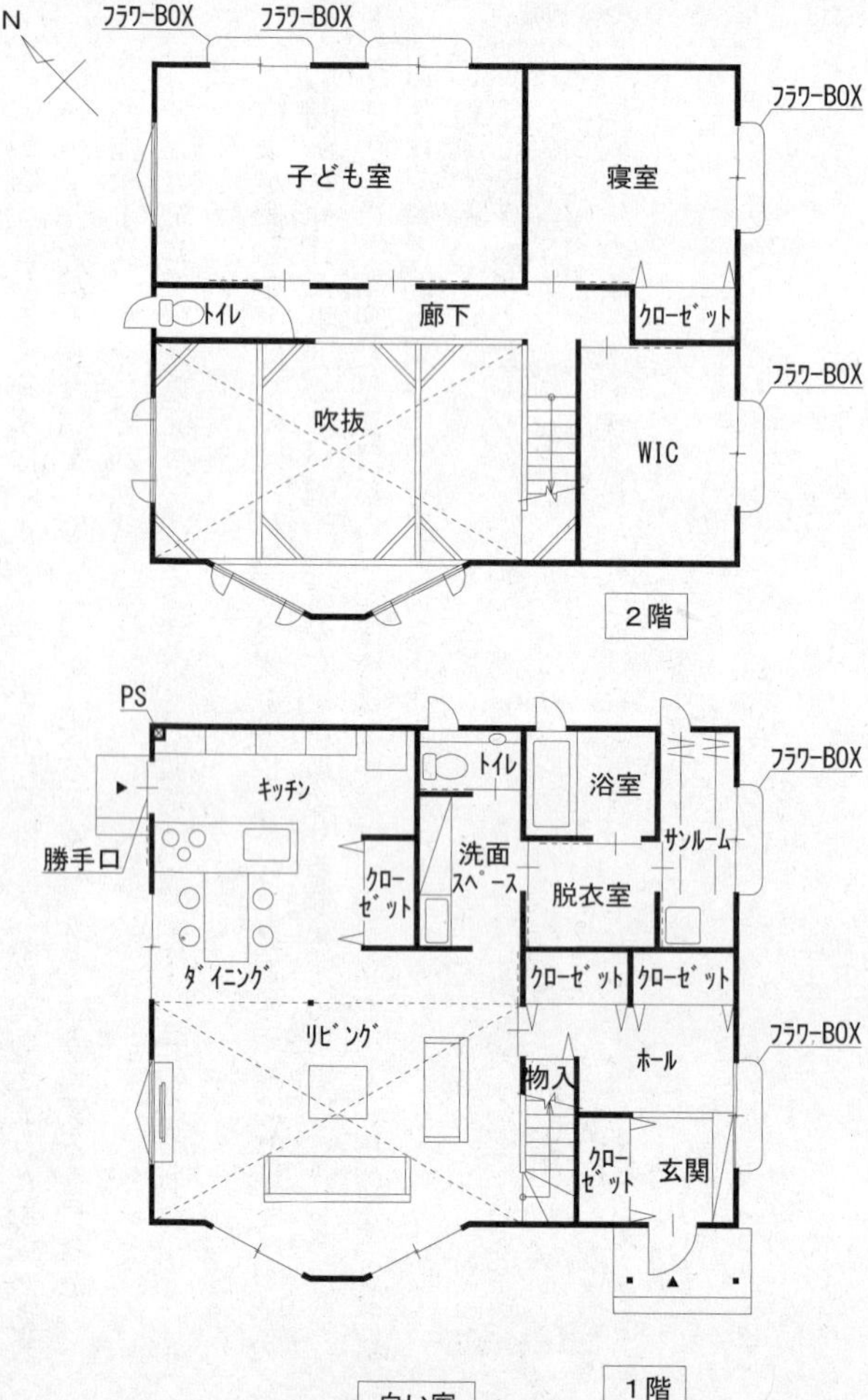
N
フラワーBOX
フラワーBOX
フラワーBOX
子ども室
寝室
トイレ
廊下
クローゼット
フラワーBOX
吹抜
WIC
2階
PS
キッチン
勝手口
トイレ
浴室
フラワーBOX
サンルーム
クローゼット
洗面スペース
脱衣室
ダイニング
クローゼット
クローゼット
リビング
フラワーBOX
ホール
物入
クローゼット
玄関
1階

白い家

（加納邸）

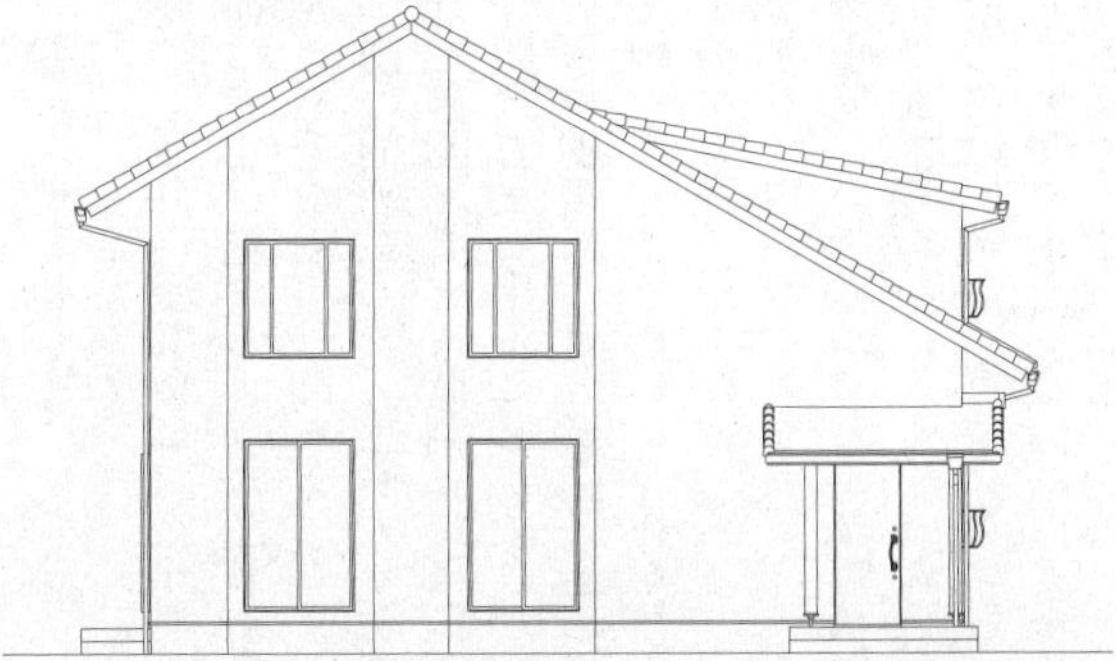

南西面

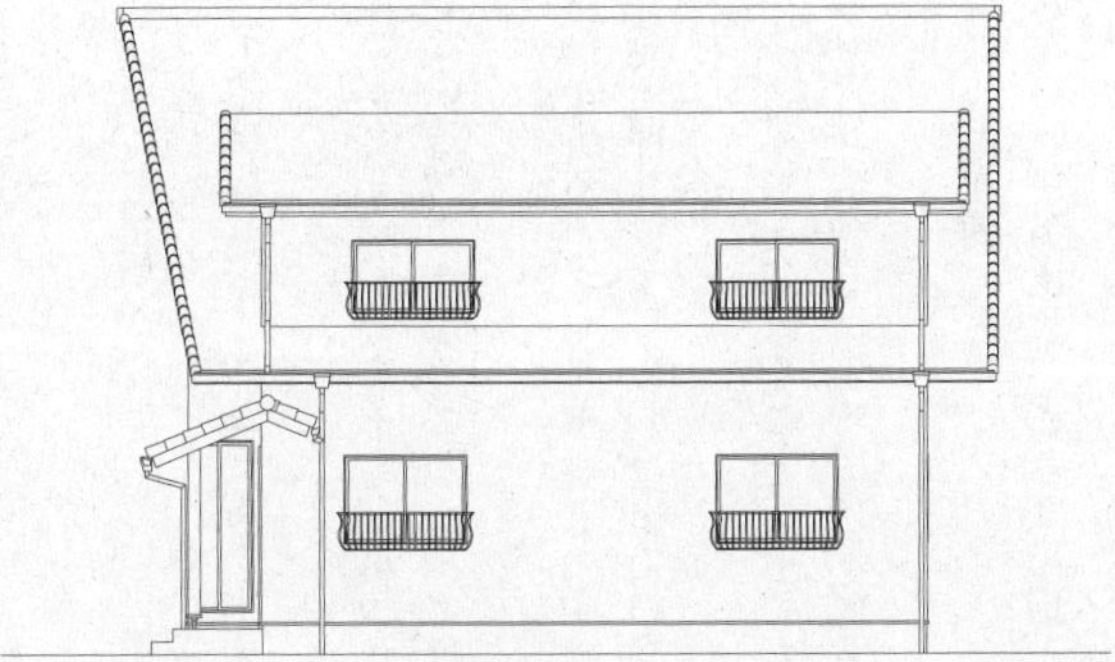

南東面

第四話　白い家　後編

「織家くん！　返事をしてくれ！」

他の者を拒絶するように閉じた玄関ドアを、天木は繰り返し叩《たた》き大声を出す。しかし、中から織家の返事は聞こえてこなかった。

一瞬の油断だった。誰が入るか選択できるという考えが、そもそも甘かったのだ。腕時計で確認すると、時刻はほぼ深夜三時を示している。こうなってしまっては、織家はもう明け方まで出ることができない。

天木の脳裏に、自分が閉じ込められた時の恐怖が蘇《よみがえ》る。クローゼットの中に身を隠し、家の中を跋扈《ばっこ》する何かに存在を悟られぬよう、息を押し殺す。夜明けまでの数時間が、何十倍にも長く思えた。

今すぐに白い家に入りたい。入りたいのに、体がドアを開けることを拒むのだ。これが降霊術『ひとりかくれんぼ』による絶対的なルールの縛り。現状では、織家が出てくるまで天木達が中に入る術はない。

「落ち着け天木！　近隣に通報されたら、いろいろと面倒になる」

ドアを叩く手を、空橋に掴み止められる。彼の言い分が正しいことはわかっているが、頭は冷静さを欠いていた。

「手を放せ、空橋。落ち着けるわけがないだろう！　僕のミスだ。何が何でも家の中へ入らなければ！」

「しっかりしろ、天木！」

その怒鳴り声で、天木は空橋へ目を向けた。彼の目は、心なしか潤んでいるようにも見える。

「冷静になれ。……織家ちゃんを救えるのは、お前しかいないんだ」

縋《すが》るようなその声に、頭が冷えていくのを感じる。

「……すまない、空橋」

謝罪すると、空橋は険しい表情を笑顔に変えた。

その時、近隣の家の二階に明かりが灯《とも》るのが見えた。天木と空橋は身を屈《かが》め、外壁の陰に身を潜める。

「で、これからどうする？　最悪、通報覚悟で壁かガラスの一部をぶっ壊すか？」

「それをしたところで、ルールのせいで家の中には入れない。そしてもちろん、織家くんも出てこられない」

「そうか……」

押し黙る空橋の横で、天木は思考を巡らせる。

「幸いなのは、織家くんが塩水入りのペットボトルを持ったまま家の中に入ったことだ。あれさえ口に含めば、怪異に見つからずに済むはず」

「そうかもしれないけどさ」

「わかっている」

空橋の言葉の続きを遮った天木は、顎《あご》に手を添えて地面を見つめる。

「今から考える。少し時間をくれ」

◆

——暗い。ここはどこだろう。

玄関から突如として伸びてきた手に足を掴まれて、家の中に引き摺り込まれたことは覚えている。その際、織家は恐怖で咄嗟《とっさ》に目を閉じてしまった。

そして今おそるおそる目を開けると、真っ暗闇の中にいた。自分はまだ目を閉じたままなのではと錯覚するほどの漆黒が、恐怖心に拍車をかける。

右腕には、命綱であるペットボトルをしっかりと抱きかかえていた。引き摺り込まれる際に落とさなかったのは、幸運と言えるだろう。

自由な左手を動かすと、すぐ壁にぶつかった。どうやら、かなり狭い空間にいるらしい。広さ的に、おそらくはどこかのクローゼットだろう。

続けざまに、気づいたことがもう一つある。

「……焦げ臭い」

目の前で何かを過度に炙《あぶ》っているかのような、煙っぽい臭いが鼻につく。

「……そうだ。スマホ」

織家はポケットの中に手を入れて、スマホを取り出した。側面のボタンを押すと、待ち受け画面に設定してあるヒゲ丸の写真が表示された。

仄《ほの》かな明かりに安堵《あんど》を得るも、それは同時に見たくないものまで浮かび上がらせる。

――手だ。酷《ひど》い火傷《やけど》を負った細く小さい手が、織家の着ているショートダウンジャケットの裾《すそ》の辺りをぎゅっと握り締めている。

脈打つ鼓動の音が、狭い空間に反響している気がした。緊張と恐怖で、唇が震えているのがわかる。織家はスマホの画面の明かりを、ゆっくりと正面へ向けた。

いる。――子どもだ。服は半分以上焼け焦げてはいるものの、スカートを穿《は》いていることから女の子と推測できる。

少女は全身に、目を背けたくなるような大火傷を負っていた。髪は焦げ、全身が赤く膨れ上がっている。高熱で皮膚の溶けた顔からは、血走った眼球が二つこちらを凝視していた。

「いやぁぁぁっ！」

遅れてやって来た恐怖は一気に喉《のど》までせり上がり、白い家を駆け巡る。

「放してっ！」

織家が身を捩《よじ》ると、意外にも少女はあっさりと手を放した。次いで、少女は人差し指

で十分に伝わる。
を立てると、それを自身の口元に当てる。
癒着した唇がもごもごと動いた。声は聞こえないが、何を言いたいのかは身振りだけ
――静かにして、だ。
織家は自身の口元を手で覆う。それは、決して少女の言いつけを守ろうとしたからで
はない。本能的に、そうしなければまずいと感じたのだ。
織家の行動を正当化するかのように、どこからか重たい何かを引き摺《ず》るような音が聞
こえてきた。それは、次第にこちらへと近づいてくる。
白い家の外に漏れ出ていた悍《おぞ》ましい気配が、徐々に大きくなるのを感じる。おそらく
今近づいてきている何かが、正路の言っていた『化け物』なのだろう。
織家は息を殺して、指一本動かさずに身を潜めていた。天木から聞いてはいたが、そ
うすることしかできないのだ。そうしているうちに、化け物は体を壁に擦《こす》りつけるよう
な音を立てながら距離を詰めてくる。
「――っ！」
間違いなく、いる。建具を隔てたすぐそこに。
霊と対峙《たいじ》したというより、気分はヒグマにでも遭遇したかのようだった。自身を空気
と同化させて、その場にいないふりに徹することしかできない。呼吸すらも必要最低限
に留《とど》め、うるさすぎる心臓をいっそのこと止めてしまいたいとすら思う。

それから、どれほど経過しただろうか。動き出した化け物は、再び何かを引き摺るような音を立てながら遠ざかっていく。気配が遠退《とおの》くと、織家は石化が解けたかのようにその場に座り込んだ。

「はぁ、はぁ、はぁ……！」

酸素を取り込もうとするも、うまく呼吸ができない。手に持ったままだったスマホを確認すると、信じられないことにたったの一分しか経過していなかった。

スマホの画面がついたことにより、再び少女の姿が浮かび上がる。だが、もう驚きはしない。あんなにも恐ろしい気配を感じてしまった後では、目前の少女の霊などどうということはないと思えた。

それに、少女は織家に静かにするよう忠告してくれた。となると、悪霊というわけではないのかもしれない。織家は、また化け物に気づかれることのないよう、小声で少女に話しかけた。

「……あなたは、大崎羽澄ちゃん？」

その名は、天木に見せてもらった一家心中の新聞記事に記載されていた子どもの名前だ。織家が問うと、少女――羽澄は、こくりと頷《うなず》いた。

実際にこうして対峙《たいじ》したからこそ、確信できることがある。

織家が白い家で霊を目撃した回数は、全部で三回。最初は完成見学会の日に見たクローゼットの中の目。二度目は織家が一人で白い家へ出向いた際に、玄関ドアから出てきた手。そして三度目が、無意識で霊感テストをしてしまった際にクローゼットから覗《のぞ》いた霊。その全てが、羽澄で間違いない。

一度目も、織家は羽澄の霊を恐れた。しかし、二度目と三度目の遭遇の際に一度目の比ではない恐怖を覚えたのは、羽澄に対してではなく、同じ家の中にいる化け物の気配を羽澄のものと勘違いしたからだ。実際に化け物に接近された今、それは断言できる。

羽澄は、火傷で癒着した唇を無理矢理開く。血の滲《にじ》む唇を動かし、織家に訴えた。

「たす……けて」

その一言で、織家は理解する。二度目と三度目に出会った時、羽澄は決して自分を襲おうとしたわけではない。今日こうして自分を家の中に引き摺り込んだのも、悪気があったわけではない。

ただ、霊感を持つ織家に助けを求めていただけなのだ。

白い家やここで暮らしていた加納家の魅力に惹《ひ》かれて、大崎一家の霊は斑間邸からこの家を訪れ、そして留まった。というのが、現在織家たちの出している仮説だ。そして、斑間が行ったひとりかくれんぼのぬいぐるみに憑依《ひょうい》した咲也が逃げてきたことにより、この家は降霊術の舞台となってしまう。

降霊術は、近くにいる霊を強制的に引き寄せる。つまり、元々いた霊である大崎一家は出たくても出られなくなったということだ。

両親の霊は一緒にいないようだが、果たしてどこへ行ったのか。推測するのは難しくない。おそらくは、あの化け物に取り込まれてしまったのだろう。

だから、羽澄は長い間クローゼットに隠れ続けていたのだ。たった一人で、誰かが助けに来てくれるのを待ち望みながら。

「……今までごめんね、羽澄ちゃん」

何も知らなかったとはいえ、織家はその訴えを二度も退けてしまっていた。その懺悔《ざんげ》と後悔の気持ちは、織家の中に沸々と勇気を与える。

「私、やってみるね」

宣言すると、羽澄の目に少し安堵が見て取れた気がした。

不意に、手に握ったままのスマホに対し一抹の不安が過《よ》ぎる。ここでもし着信音が鳴れば、再びあの化け物に気づかれてしまうかもしれない。慌ててマナーモードに設定した際、織家は妙なことに気づいた。

「何これ？」

画面右上の電波表示が、圏外と一本を行ったり来たりしているのだ。横浜の住宅地で圏外などあり得ない。十中八九、これも白い家の霊障の一つだろう。

電波が悪いという事実に、織家は内心ほっとしていた。天木や空橋から心配の電話がないのは、電波のせいだとわかったからだ。もちろん、中でかくれんぼが行われていることは二人もわかっているので、敢《あ》えて電話を避けている可能性もあるが。

それでも織家は、自分が決して見捨てられたわけではないという確証が欲しかった。

当然、天木や空橋が自分を見捨てて逃げ出すとは思っていない。思っていないが、この状況ではどうしても後ろ向きな考えが先行してしまう。

「……駄目だ。しっかりしないと!」

呟《つぶや》き、織家は自身を鼓舞する。

理由はどうあれ、白い家に入ったのが織家である以上、織家がぬいぐるみを見つけるしかない。天木に頼るのではなく、自分が白い家を怪異から解放するのだ。そうすれば化け物は消えて、咲也も羽澄も救われるはずだ。

幸い、塩水は手元にある。これさえ口に含んでおけば、あの化け物に出くわしても気づかれることはない。それなら、自分でもできるだろう。

「ここで待っててね、羽澄ちゃん」

頷く羽澄に微笑みかけ、織家はペットボトルの塩水を口に含む。そして、覚悟を決めるとクローゼットから外へ出た。

◆

「くそっ。何で繋《つな》がらないんだ?」

白い家の外にて、スマホを耳から放した空橋が悪態をつく。先ほどから何度も織家に電話をかけているのだが、戻ってくるのは圏外のアナウンスのみらしい。

中からは悲鳴の一つも聞こえてこず、白い家は中に誰もいないと主張するかのように、ただ静かに闇夜に佇《たたず》んでいる。

外壁に背中を預けて思考の海に浸かっていた天木は、顎《あご》に添えていた手を離すと門扉の外へ向かって歩き出した。

「おい、天木？」

空橋は慌てて後を追ってきた。

天木が立ち止まったのは、白い家の向かって左隣の家の前だ。斑間邸は、深夜のため照明が全て消えて静まり返っている。

「ここって、例の動画投稿者の家か？」

「ああ」

答えると、天木はアプローチを進み斑間邸の玄関前で止まる。そして、カメラに映らないよう身を屈《かが》める。天木のアイコンタクトを受けて、空橋も隣にしゃがみ込んだ。

天木はインターホンを押す。しかし、深夜三時の来訪者に反応があるはずもない。少し待ってから、さらにインターホンを二度押した。

「ちょっと待てって天木。通報されるぞ」

空橋が、極力声を殺して忠告する。

「ひとりかくれんぼを始めたのは斑間なのだから、彼には僕らに協力する義務がある」

そう主張して、天木はさらにボタンを連打する。家の中で呼び鈴の音が繰り返し響き、それに紛れてぎしぎしと床の軋《きし》む音も近づいてきた。

「だ、誰かいるのか？」

玄関の中から、斑間の怯《おび》えた声がする。天木は人差し指を口元に当てて、空橋に静かにするよう伝えた。

「おい、警察に通報するぞ！」

斑間は凄《すご》んだが、天木も空橋もだんまりを決め込んでいる。すると玄関の鍵《かぎ》が開き、スマホのカメラを構えた斑間が引き違い戸を勢いよく開き飛び出てきた。その瞬間を狙って、天木は背後に回り込み彼を羽交い絞めにする。

「うっ、うわあぁぁぁ⁉」

「静かにしろ」

「あ？　お前か！　何の真似だ⁉」

天木に気づいた斑間は、怯えた様子から一変して喧嘩《けんか》腰《ごし》に切り替わる。

「深夜にチャイムが鳴り、カメラには誰も映っていない。心霊系の動画投稿者なら、確認に出てくると思ったぞ」

「馬鹿にしてんのかコラ！」

「落ち着け。今何時だと思っている。ご近所に迷惑だろう」

「お前に言われたくねーんだよ！」

このままでは火に油を注ぐだけと思ったのか、ここで空橋が割って入る。

「頼むから、俺たちの話を聞いてくれ。君も無関係じゃない」

「はぁ？　俺に何の関係が」

「ひとりかくれんぼを行っただろう。君が安易に行った降霊術は、わけあって隣の家で今もなお続行されている」

「……え？」

空橋から聞かされたその事実は、斑間にとって寝耳に水だったのだろう。彼は暴れるのをやめたので、もう大丈夫だと判断した天木は羽交い絞めを解いた。

「……お前ら、俺の動画を観たのか？」

「ああ。ぬいぐるみは浴室から消えており、動画はそのまま終わっている。君自身、ぬいぐるみがどこへ行ったのか気になっていたのではないか？」

「……」

天木の問いに、斑間は俯《うつむ》き押し黙る。

斑間は、ずっと隣に住んでいたのだ。綺麗《きれい》な新築だった白い家がたったの数年でここまで変貌《へんぼう》する様を、誰よりも近くで見てきたことになる。きっとおかしく思っていたはずだ。

その原因の一端がまさか自身の行ったひとりかくれんぼだとは、今この時まで夢にも思っていなかったのだろう。

「……知らねーよ、そんなの」

悩んだ末に、斑間は突き放すような言葉を投げかけてきた。

「呆《あき》れたものだな」

「何とでも言えよ」

我関せずを貫く斑間に対して、天木は少し考えてから口を開く。

「君、ぬいぐるみに自分の爪を入れただろう？」

「それが何だ？」

「知っているか？ ひとりかくれんぼは降霊術であると同時に、自分自身を呪う行為でもあるとされている。考えてみれば当然だ。深夜に自分の一部を入れたものに刃物を突き立てるという行動は、丑《うし》の刻参りにて藁《わら》人形に釘《くぎ》を打つ行為と酷似している」

天木の話を、斑間はどこか他人事《ひとごと》のような顔つきで聞いている。

「そんなぬいぐるみによって、実に四年半もの間ひとりかくれんぼが続けられている。然《しか》るべき方法でぬいぐるみを処分しなかった場合、一体どれほどの呪詛《じゅそ》が君に返ってくるんだろうな？」

「おっ、お前、脅しかよ！ そんなことしたら、どうなるかわかってんのか⁉」

「何とでも言えよ」

天木が先ほどの斑間と全く同じ言葉を返すと、彼は顔を青白くさせて後退《あとずさ》った。そのまま、玄関で尻餅《しりもち》をつく。十二月の深夜だというのに、斑間は額に汗を浮かべていた。

そんな彼を前にして、天木は軽く溜息《ためいき》をつく。

「今回の件は、全て君が悪いわけではない。様々な偶然と不幸が重なって起きたことだ。心配しなくとも、回収できたぬいぐるみはきちんと処理する」

語りかけるが、斑間は尚《なお》も疑う様な視線を天木に投げている。

「……たった今、僕の助手が白い家に引き摺《ず》り込まれてしまった」

「助手？……ああ、あの子か」

「時間がないんだ。協力してくれ……頼む」

天木は深く頭を下げる。

「……わかったよ。とりあえず上がれ」

数秒の沈黙の後に、斑間から承諾と受け取れる言葉を貰《もら》うことができた。

◆

織家がクローゼットから出ると、足元に散乱している何かを蹴《け》ってしまった。それを拾い上げると、どうやら靴のようだった。おそらくは、加納夫妻が置いていったものだろう。

自分がどこのクローゼットに閉じ込められていたのか定かではなかったが、玄関横のクローゼットの中にいたらしい。

スマホのライトをつけようかと思ったが、化け物に自分の居場所を知らせるようなものなので思い留《とど》まった。

音を立てぬよう、そっとクローゼットの戸を閉じる。隔てていた建具一枚を失っただけでも、化け物から感じる刺すような悍《おぞ》ましさは何倍にも増したような気がした。

大丈夫。しっかりしろ私。自分にそう言い聞かせた織家は、靴を脱いでホールに上がった。

徐々に暗さに慣れてきた視界に浮かび上がった玄関は、凄惨《せいさん》な有様だった。壁紙はまるでクマが暴れ回った後のように荒々しく裂かれ、ホールにあるクローゼットの戸も、強い衝撃を受けたようで何枚かくの字に折れている。窓にも亀裂が走っていた。

ホールの奥にある引き戸は、既に開け放たれている。塩水を吹き出さないよう唇に力を込めてからそっと中を覗《のぞ》き込むと、そこにはリビングが広がっていた。

二階天井までの吹き抜けの間に梁《はり》が通してある、開放的な空間だ。かつて織家を一目で虜にしたそのリビングも、玄関ホールと同様に悲しくなるような有様と成り果てていた。

涙が滲《にじ》んできたが、泣いている暇はない。化け物の気配は嫌と言うほど感じるものの、姿は見えなかった。今のうちに咲也の取り憑《つ》いたぬいぐるみを捜そうと、織家はリビングと繋《つな》がっている奥の水廻《みずまわ》りへ進む。

途中で急に現れた洗面化粧台の鏡に自分が映り、塩水を吐き出しそうになった。すんでのところでどうにか堪《こら》えて、心臓を落ち着けてから奥にある引き戸を開ける。

中はトイレだった。陶器製の便器が、力ずくで叩《たた》き割られている。その傍らには、木刀が立て掛けてあった。

思い出すのは、天木の日誌だ。その中には、高校生のグループが肝試しに入ったという記述があった。おそらくは、その高校生の仕業と思われる。

気休めにもならないとは思いつつも、織家は木刀を持っていくことにする。得物を握っているというだけでも、砂粒ほどの安堵《あんど》は得ることができた。

トイレを出た織家は、すぐ近くにある別の引き戸を開ける。その向こうは、脱衣室のようだった。天木に見せてもらった図面通りならば、奥の戸の向こうはサンルームで、左側の戸の向こうは浴室である。

水廻りに霊が集まるというのは、お約束の一つだ。ぬいぐるみはこの辺りに隠れているのではと考えた――その時だった。

「っ！」

聞こえてきたのは、重たい何かを引き摺るような音。それは床や壁を擦《こす》りながら、家の中を移動しているようだった。

大丈夫。落ち着けと自身に訴える。今の織家は、霊に感知されないはずだ。信頼するように塩水入りのペットボトルを抱き締めて、織家は極力足音を立てないようリビングへ戻った。

発汗、震え、喉《のど》の渇き、筋肉の硬直、耳鳴り。全身が警告を発している。化け物との距離は、これまでで一番近い。

間違いなく今——奴はキッチンにいる。

L字に折れた先にあるキッチンから現れたのは、人の腕だった。それが床に手のひらを付けると、次いで二本目の腕が現れる。間髪を容《い》れずに出てきたのは——三本目の腕だった。それは四本、五本、六本、七、八、九——と、数えきれない程に増えていく。

その無数の腕に支えられるようにして、太い胴体が床を擦りながら現れた。正面には、二十を超える人の顔が葡萄《ぶどう》の実のように密集し、皆一様に鉄仮面のような無表情を貫いている。

ゆっくりと現れた化け物の全長は、ゆうに三メートルを超えていた。重たいものを引き摺るような音の正体は、その巨体を移動させる音だったのだ。

長い胴体の両脇に、無数の人の腕が生え揃っている。暗闇の中を這《は》うその姿は、ムカデを髣髴《ほうふつ》とさせた。

化け物は仰《の》け反るようにして頭部を持ち上げると、吹き抜けと繋がっている二階の廊下を覗き込む。その様子は、明らかに織家を捜していた。

呆然《ぼうぜん》と化け物を見上げていた織家は、咄嗟《とっさ》にリビングのソファーの後ろに身を隠す。これまでの人生で様々な霊を見てきたが、こんなにも恐ろしいものと遭遇したのは初めてだ。正路が化け物と形容し、トラウマになるのも当然である。

幸い塩水は効果があるらしく、化け物はまだこちらに気づいていない。逃げるなら今だが、恐怖で体が思うように動いてくれなかった。

化け物は持ち上げていた頭部を下ろすと、次いでリビング全体を見渡していた。ぬるりと長い胴が伸びて、数多《あまた》の無表情な顔が織家の隠れているソファーの後ろを覗き込んでくる。

ああ──こんなの、もう無理だ。

「──かはっ」

あらゆる我慢が限界を超え、織家は口の中の塩水を吐き出してしまった。その途端、無数の顔は全て満面の笑みに変わり、全ての目が織家を捉《とら》える。

化け物はこれまでのゆっくりとした動きが嘘だったかのように、ムカデの如きスピードで織家に迫る。生存本能に背中を押されるような形で、織家は目前の階段を駆け上がった。

「あはははっはっはっは！」

見た目にそぐわない子どものような可愛らしい笑い声を上げて、化け物が近づいてくる。階段を上り切って振り返ると、化け物は本物のムカデさながらに生え揃った腕で壁を這うようにしてすぐ後方にまで迫ってきていた。

「──っ！」

追いつかれることを悟った織家は、木刀を脇に挟みペットボトルの蓋《ふた》を外す。そして、後ろに向かって中の塩水を全て撒《ま》いた。

「あああああああああ！」

断末魔のような声を上げて、化け物はのたうちながら階段を落ちていく。空になったペットボトルを投げ捨てた織家は、正面にあるトイレの中に身を隠した。

ドアに鍵《かぎ》をかけた直後、すぐ傍で化け物が暴れ回る音が聞こえてきた。時折ドアに強い衝撃が走り、織家は建具が破壊されないよう内側から必死に押さえる。

お願い。お願い。早くどこかへ行って。必死にそう願い続けていると、やがて音は止《や》み、白い家に静寂が戻ってきた。

ドアノブを全力で握り押さえていた織家の手のひらは、うっ血して赤くなっている。その痛みよりも、塩水を失ったという絶望感が前に出た。

織家はもう、二階のトイレから動くことができない。ぬいぐるみを見つけることも、羽澄を救うことも叶《かな》わない。

「……ごめんね」

織家がぼそりと呟《つぶや》いたところで、ポケットの中のスマホが振動した。

◆

斑間邸の奥にある撮影部屋の和室にて、天木は斑間の操作するパソコンを後ろから覗いていた。

「……おい。気が散るんだが」

「なら早く見つけろ。時間がないんだ」

「ずいぶんな態度だな。追い出してもいいんだぞ？」

イラつきながらマウスを動かす斑間は現在、ひとりかくれんぼの際に参考にしたサイトを探している。似たようなサイトは正直いくらでもあるため、難航しているようだった。

天木は腕時計に目を落とす。時刻は三時十五分を指していた。織家はこの十五分という時間を、何倍にも長く感じているに違いない。それ以前に、まだ無事であるという保証もなかった。

その時、

「天木、織家ちゃんに繋がったぞ！」

何度も織家に電話をかけ続けていた空橋から、待望の連絡が入った。空橋はスマホをハンズフリーにして、皆に聞こえるようにする。

「織家くん！　無事か!?」

『はい。どうにか』

彼女の声に、天木は全身の緊張が緩むのを感じた。状況は何も好転していないが、ひとまずは無事だったことに安堵する。

「心配したぞ」

『すみません。家の中は異様に電波が悪いんです。今二階のトイレに移動したので、もしかしたらそれで電波が少しだけよくなったのかもしれません』

「今は何本立っている？」

問うと、やや間を置いて『一本だけです』と返ってきた。

「またいつ繋がらなくなるかもわからない。中の様子を簡潔に教えてくれ」

『わ、わかりました』

そうして天木は、織家が中で経験したことを聞く。羽澄の霊に会ったが、彼女は悪い霊でなかったこと。家の内部は酷《ひど》い有様で、一階のトイレに至っては便器が木刀で叩き壊《こわ》されていたこと。その木刀を拝借したこと。そして、語るのも憚《はばか》られるような化け物が確かにいたこと。頼みの綱である塩水を失ってしまったこと。

「辛《つら》い思いをさせてしまったな。すまない」

『謝らないでくださいよ、天木さん。ここで籠城《ろうじょう》していれば、明け方には出られるんですから』

確かに、織家の言う通りだ。しかしその場合、極限状態で憔悴《しょうすい》した織家も例に漏れず病院送りになるだろう。いや、強い霊感持ちの彼女の場合、症状はもっと酷くなる可能性もある。

今スピーカー越しに聞こえてくる声にも、既に疲れや震えが混ざっていた。

「安心しろ、織家くん。明け方まで君を一人にはしない」

だから天木は、織家に励ましの声をかけた。スマホからは、鼻をするような音が返ってくる。

『ですけど、私が中にいる以上、誰も入れないんですよね？』

そうなのだ。ひとりかくれんぼのルールが白い家では絶対であることは、天木も重々承知している。しかし、ルールに百パーセント完璧《かんぺき》なものなどない。どこかに必ず穴があるはずなのだ。

「おい、見つけたぞ」

声を発したのは、斑間だった。天木が目を向けると、彼のパソコン画面には背景に日本人形が映っているいかにもなホラーサイトが映し出されていた。マウスを借りてスクロールすると、ひとりかくれんぼのやり方が上から下へと流れていく。内容は、天木や織家が調べたものと大差なかった。

ひとりかくれんぼは、必ず家の中で一人で行う必要がある。

一人しか家に入ることのできないルールは、おそらくこの一文が原因である。その短い文章を食い入るように見つめるうちに、天木は一つの可能性に行き着いた。

成功する保証はない。それでも、何もできず手をこまねいているよりはずっとマシだろう。

「斑間。ペットボトルか何かに塩水を作ってきてくれ。できれば二本頼む」

「呼び捨てかよ。何で俺が」

「いいから、早く！」

声を荒らげると、斑間はぶつぶつと文句を言いながらもキッチンへ向かっていった。

『天木さん、斑間さんと一緒にいるんですか？』

「そんなことより織家くん。君の手元には、まだ木刀があるか？」

『ありますけど……』

電話の向こうできょとんとしているだろう織家に、天木は告げる。

「では、それで君がいる二階のトイレの便器を破壊してほしい」

その要求を聞いた空橋は、訳がわからないという顔をしていた。おそらく、織家も似たような表情を浮かべていることだろう。

『何でそんなことを？』

「説明は後だ。……いや、待て。大きな音はまずいな。化け物を呼び寄せる危険性がある。別の案を」

天木の静止を振り切るように、硬いもの同士が激しくぶつかる甲高い音がスマホを介して響いた。それは三度続き、四度目で花瓶の割れるような確かな手応《てごた》えのある音が聞こえてきた。

「織家くん。待てと言ったのに！」

『大丈夫です。怖いのは我慢しますから。天木さんが、何の考えもなしに大切な白い家の一部を破壊しろなんて頼むはずがありません』

ビデオ通話ではないので顔は見えないが、天木にはスマホの向こうの織家が期待を胸に微笑んでいるような気がした。

通話口からは、微《かす》かにだが何かを引き摺《ず》るような音が聞こえてくる。この音の主が化け物だとするのなら、先ほどの破壊音で織家の居場所に気づかれた可能性が高い。

『信じてますよ、天木さん』

その言葉を最後に、通話は途切れてしまった。

「織家くん！」

「大丈夫だ天木。きっと電波状況がまた悪くなっただけだ」

空橋はそう言うが、最早《もはや》一刻の猶予もない。天木が部屋を出ると、廊下で斑間と鉢合わせになった。

「ほらよ、塩水」

二本頼んだはずなのに、斑間の手には五百ミリリットルのペットボトルが一本しかなかった。

「もう一本は？」

「空のペットボトルなんざ、そう都合よくねーよ！　どうしてもって言うなら、その辺の自販機で買ってこいよ」

「……いや、時間がない。これ一本で行く」

斑間の手からペットボトルを受け取ると、天木は玄関へ向かう。

「おい、どこ行くんだよ？」

「決まっている。白い家に入るんだ」

「はぁ？　よくわかんねーけど、入れないから困ってんだろ？」

斑間が口の悪い疑問を投げてくるが、足を止めて懇切丁寧に教える時間はない。

「向かいながら説明する。二人共ついてこい」

斑間は和室から出てきた空橋と顔を見合わせると、天木の後に続いて靴を履く。外へ出るなり、冷たい夜風が首筋を撫《な》でる。いつの間にか、ぱらぱらと雪が降り始めていた。

隣の白い家に向かいつつ、天木は口を開く。

「家とは、人が暮らすための空間と定義される。建築業界では『住宅』と呼ぶ方が一般的だろう」

「何だよ急に？　でもまあ、そうだな」

不動産業の空橋はすんなりと納得したが、斑間は眉根《まゆね》を寄せていた。

「屋根と壁と床があれば、どんな家でも住宅とみなされるわけではない。建物が住宅を名乗るには条件がある。具体的には『一つの世帯が独立して家庭生活を営むことができること』だ」

天木は白い家の門扉を潜《くぐ》り、空橋と斑間が続いた。

「独立して家庭生活が営める条件というのは、居住室に加えてキッチン、トイレ、浴室があることだ。そして今、白い家のトイレは一階も二階も壊れている」

「それが何だよ？」

玄関の前までやって来た天木は、疑問を吐露した斑間の方を振り向く。

「わからないか？　条件を欠いている今の白い家は、厳密に言えば住宅、つまり家ではない。そして、家でないのなら、ひとりかくれんぼの『家の中には一人しか入れない』というルールは破綻《はたん》する」

「つまり、白い家を住宅であると認識しなければ、中に入ることができるってことか！」

天木は頷《うなず》き、空橋の発言を肯定した。

「んなことができるのか？　見てくれはちゃんとした家である以上、それを家と思わないなんて無理だろ」

斑間の言い分も理解できる。天木自身、白い家が住宅であることを否定するのには抵抗があった。幸せな住まいとして、自らが設計した家なのだから。

それでも、やらなければならない。中で織家が待っているのだ。

この方法で白い家を住宅ではないと認識するには、建築業界における住宅の定義を正しく理解していることが必須《ひっす》である。つまり、最も成功する可能性が高いのは天木だ。

「ふーっ……」

大きく息を吐き、天木は玄関の冷たいドアレバーを握った。織家から得た『一階のトイレは壊れていた』という情報と、二階のトイレを壊す音を頭の中で並べ、白い家が住宅であることを否定する。

――だが、それはあくまで今だけだ。全てが終わった暁には、必ず立派な住宅に戻してやる。そう心に誓うと、ドアは嘘のように軽く開いた。

「行ってくる」

振り返り告げると、空橋は笑顔を作る。

「ああ。全部終わらせて来い」

親友の激励を胸に、天木は家の中へと足を踏み入れた。


ドアが閉じると、途端にどこか別の空間にでも飛ばされたかのような、奇妙な感覚に襲われた。恐ろしいほどの静寂で、寧《むし》ろ耳が痛いような気さえしてくる。

思えば、白い家の外にいる間、中からは織家の悲鳴の一つも聞こえてこず、ドアを叩《たた》き安否を問う天木の言葉への返事もなかった。電波状況の悪さなども踏まえると、この家の中は現実から切り離された一種の亜空間になっているのかもしれない。

かなり暗いので明かりが欲しいところだが、化け物を警戒してスマホを光源にするのはやめておく。

目が暗闇に慣れるのを待っていると、家の中の凄惨《せいさん》たる有様が少しずつ視界に浮かび上がってきた。天木は取り急ぎ、斑間に用意させたペットボトルの塩水を口に含む。

今天木の立つ玄関のすぐ横には、クローゼットがある。織家曰《いわ》く、そこには車の炎上で亡くなった羽澄の霊が隠れているらしいが、悪い霊ではないということなので、ここは一旦《いったん》触れずに先へ進むことにする。

織家の待つ二階のトイレへ向かうべく、天木は靴を脱いでホールに上がった。リビングに入って、階段を目指す。その途中、何かを引き摺るような音に天木は足を止めた。

喩《たと》えるならば、土を一杯に詰めた土嚢《どのう》を力任せにいくつも引っ張るような、そんな音だ。発生源を探して、闇の中で目を凝らす。だいぶ暗さに慣れた目に映ったのは――まごうことなき、化け物だった。

「――っ!?」

生々しい皮膚に覆われた長い胴体に、ムカデの足のように生え揃う無数の人の腕。そして、人の頭がさながら複眼のように密集した頭部。織家から聞いたままの姿の異形が、今まさに洗面スペースから這《は》い出てきていた。

だが、おかしい。なぜ見えているのか。霊感が皆無の天木にとって、霊を見るのはこれが初めてのことだった。

そして、よりにもよって初めてがコレである。話で聞くのと実際に見るのとの差など言うまでもないことであり、迫り来る吐き気に促される形で、天木は塩水を床に吐き出してしまった。

「見つけた。いた。追え。そこか。待て。逃がすな」

頭部が発した無数の声が幾重にも重なり、化け物はそれまでの愚鈍な動きが嘘のような俊敏さで天木との距離を詰めてくる。

「くっ！」

飛びつくように、天木は階段を駆け上がる。その後を、化け物は金切り声を上げながら追ってきた。

このままでは追いつかれる。再び塩水を口に含んでも逃げ切れないと踏んだ天木は、ペットボトルの中身を迫り来る化け物に撒《ま》いた。途端に全ての顔の表情が苦悶《くもん》に変わり、化け物は悲鳴を上げて仰《の》け反り二階廊下の手摺《てすり》から一階へと落ちていく。

「やってしまった」

塩水をせめて一口分は残したかったが、あの状況でそんな力加減ができるわけもない。化け物は、早くも階下から再び階段を上ってきている。

空のペットボトルを投げ捨てた天木は、廊下の先の二階のトイレに飛び込もうとしたが、思い留《とど》まる。中には織家がいるはずだ。トイレに二人というのはさすがに狭いうえに、すぐさまドアを閉じることができなかった場合は織家を巻き込む危険性もある。

咄嗟《とっさ》の判断で、天木はトイレ横の引き戸を開けて子ども室に飛び込んだ。すぐさま戸を閉めると、化け物の襲来に備えて体全体で戸を押さえる。案の定やって来た化け物は狭い廊下ででたらめに暴れ回っているようだったが、やがて諦《あきら》めたのか、巨体を引き摺《ず》る音が次第に遠退《とおの》いていった。

「ふー……」

深く息を吐き、知らぬ間に額に滲《にじ》んでいた汗を服の袖《そで》で拭《ぬぐ》う。まだ油断してはいけないと戸に耳を当てたところで——誰かが、後ろから急にしがみついてきた。

「うおっ！」

驚き振り返ると、見下ろす先には見慣れたショートボブの黒髪がある。

「お、織家くんか。驚かさないでくれ。トイレから移動していたのか？」

「……トイレのドアが壊れそうだったので」

織家は天木の胸に顔を押しつけ、涙声で応《こた》えた。さぞ心細かったのだろう。あんな化け物と同じ空間で一人きりなど、心臓がいくつあっても足りなかったに違いない。

天木は、織家の頭を優しく撫《な》でた。女性の体に気安く触れるべきではないかもしれないが、そうせずにはいられなかった。

「もう大丈夫だ、織家くん。僕がここにいるぞ」

「わかってます。わかってますけど……もう少しだけ」

鼻を啜《すす》る織家の頭を、天木はしばらくの間撫で続けた。

◆

恥ずかしい。

気持ちが落ち着くと次第に後悔が大きくなり、織家は赤くなっているだろう顔を見せないよう天木に背を向けていた。

ちらりと彼の方を確認すると、着ているコートの胸の辺りをハンカチで拭《ぬぐ》っている。おそらくは織家の涙や鼻水がついたのだろう。文句の一つも言われないのが、気を遣われているようで余計に恥ずかしい。

「織家くん。いつまでそうしているつもりだ。今後のことを話し合おう」

「うぅ……そうですね」

二人になり心にゆとりが生まれたとはいえ、まだまだ油断できない状況が続いていることに変わりはない。頰を揉《も》み解《ほぐ》してから、織家は天木の方へ向き直った。

「というか、天木さんはどうやって白い家に入ってきたんですか？」

余裕ができれば、自《おの》ずと疑問も湧いてくる。住宅の定義を利用したルールの突破方法を聞いた織家は、ようやく自分に二階のトイレを破壊させた意味を理解した。

「ところで天木さん。塩水はどこですか？」

塩水を失ったことは、電話にて天木に報告済みだ。家に入るのなら、必ずどこかしらで用意してきているはずである。しかし、天木は気まずそうに視線を横に逸《そ》らしている。

「……すまない。全て化け物にぶちまけてしまった」

「えぇぇ……」

何をやっているのかと言いたいところだが、織家も全く同じ失態を犯しているので何も言えない。

「少量だけでも残したかったのだが、あんな化け物に迫られてはな」

「気持ちはわかりますけど……え？　ちょっと待ってください」

勘違いでなければ、今の発言はおかしなことになる。

「天木さん、あの化け物が見えたんですか？」

問うと、彼は深刻な顔で頷《うなず》いた。

「でも、霊感ゼロなのに何で？」

「僕も霊感のなさは自覚しているが、嫌な気配くらいは感じ取ることができる。つまり、全くの無というわけではない。そんな些細《ささい》な霊感でも見えてしまうほどに、化け物の方の存在感が強くなっているということなのだろう。少なくとも、約四年半前に入った時は何も見えなかったからな」

嫌なものを見てしまったというように、天木は目頭を押さえている。

「霊感の強い織家くんには、いつもあんなものが見えていたんだな」

「あそこまで怖いのは、私も初めてですけどね」

自分の見ている世界の片鱗《へんりん》が天木にも見えたということを、不謹慎かもしれないが、織家は少しだけ嬉《うれ》しく思った。

「さて、これからの話に移るぞ」

そう告げると、天木は気持ちを新たに腕を組んだ。

「最も安全な策は、明け方までこの部屋に籠《こも》りやり過ごすことだ。体調は崩すかもしれないが、二人でいる分精神的なダメージは少なくて済むだろう」

「その場合、咲也くんと羽澄ちゃんはどうなるんです？」

「タイミングを見計らって、数日後に再度チャレンジすることになるな」

つまり、二人にはもう数日間この化け物が徘徊《はいかい》する家の中で待ってもらうことになる。四年半という歳月を耐え忍んできたのだから、もう数日くらい大したことはないのかもしれない。それでも――。

「これ以上、二人を待たせたくない。そんな顔をしているな」

心を読んだかのように声をかけてきた天木は、少し呆《あき》れたような笑顔を向けている。織家も笑みを返すが、その表情はすぐに沈んでしまった。

「でも、塩水がない以上は無理ですよね」

あの化け物に捕まったら、ただでは済まない。冗談抜きで、死ぬこともあり得ると織家は感じていた。仮に化け物にバレることなく咲也の取り憑《つ》いたぬいぐるみを発見できたとしても、ぬいぐるみにかける塩水がなければひとりかくれんぼを終わらせることはできない。

ここで、織家は妙案を思いつく。

「空橋さんに頼むのはどうでしょう？　二階の窓を開けて、そこからペットボトルを投げ入れてもらうんです」

「それができるならありがたいが……」

天木は自身のスマホを取り出して、嫌な予感が当たったというように厳しい顔をする。

織家も自分のスマホを見て、右上の電波表示が圏外になっていることを確認した。

「電話が無理でも、外に向かって大声で呼べばいいじゃないですか」

「その場合、近隣住民が目覚めてしまう可能性がある。それは仕方がないにしても、化け物に気づかれるのは避けたいな」

「大丈夫ですよ、天木さん。戸を押さえておけば、どうにかやり過ごせます」

現に織家は、二階のトイレで二度化け物をやり過ごしている。しかし、天木は首を横に振った。

「トイレの外開きドアは、鍵《かぎ》付きに加えて外からの力に強い。しかし、この子ども室はドアより脆《もろ》い引き戸のうえに、二か所あるから一人につき一枚を押さえる必要がある」

「でも天木さん、ここに飛び込んだ時に一か所しか押さえてなかったじゃないですか？」

「仕方がないだろう。室内に君がいるとは思っていなかったし、僕は自分が入ってきた戸を押さえるので精一杯だったのだから」

つまりあの瞬間、もう一か所の引き戸はいつ壊れてもおかしくなかったのだ。その事実に、織家は今更ながら震え上がる。

「でも、とりあえず窓を開けてみませんか？　空橋さんたちがいれば、ジェスチャーで塩水を要求することもできるかもしれませんし」

「そうだな」

ということで、天木は北東側の引き違い窓をそっと開ける。設置されているフラワーボックスを手摺《てすり》代わりに、二人は揃って窓から下を覗《のぞ》き込んだ。そこに広がっているのは——果てしなく続くような暗闇だった。

「……何かおかしくないですか？」

深夜なのだから、外が暗いのは当然だろう。しかし、いくら何でも暗すぎる。暗さに慣れた今の目であれば、明かりがなくとも外の建物の輪郭くらいは捉《とら》えることができるはずだ。それなのに空も地面も街も、まるで墨汁の海にでも沈んだかのように漆黒で塗り潰《つぶ》されている。

視界だけではなく、音も全くなかった。真夜中の住宅地とはいえ、窓を開けて耳を澄ませば主要道路を走る車の音くらいは聞こえてくるはずである。

窓から後退《あとずさ》った織家は、力が抜けたようにその場に座り込んだ。

「……何となくだが、家の中はこの世から切り離された異空間のようだなとは感じていたんだ。僕というイレギュラーが入った影響か？　きちんと玄関ドアから出れば、現実世界と繋《つな》がっているんだろうか？」

「何を興味深そうにしてるんですか！」

思わず大声を出してしまい、織家は自身の口を両手で押さえる。幸い、化け物の気配が近づいてくる様子はない。気づかれずに済んだようだ。

「気をつけろ、織家くん」

焦った表情で、天木はそっと窓を閉めた。とりあえず、外の空橋を頼る案はこれで消滅した。

「こ、これからどうするんです？」

「……塩だけならば、キッチンまでいけばどうにかなるかもしれない」

この家は、普通に生活していた正路が逃げ出した当時のままになっている。ならば、キッチンに塩を始めとする調味料の類《たぐい》は残されているだろう。

「でも、水がありませんよ？　この家の水道は止めてありますよね？」

でなければ、破壊されたトイレからは水が溢《あふ》れて止まらないはずである。

「塩を口に含み、唾液《だえき》と混ぜれば塩水と呼べなくもない」

やや汚い気もするが、確かにそう思えなくもない。となれば、問題はキッチンまで行く方法である。

「化け物は今どこにいるのだろうか？」

「たぶん、一階だと思います。気配の大きさで何となくはわかるんですけど、どの部屋にいるのかまでは……すみません」

「いや、十分だ」

織家が不足と感じた情報を讃《たた》えて、天木はポケットから折りたたまれた紙を取り出す。広げられたそれは、白い家の間取り図だった。

「君と僕の体験を合わせると、化け物には物理的な対抗手段がある程度有効であると考えられる」

天木の見解に、織家も異論はなかった。もし壁や建具を通り抜けるタイプの怪異だったなら、織家はとうの昔に餌食《えじき》になっていたことだろう。

「天木さんが前に言っていた『霊はある程度生前の考えに縛られる』という話ですか？」

空を飛べばいいのに、コーポ松風の霊は階段を律儀に上っていた。壁を通過すればいいのに、大崎一家の霊はドアや窓から出入りしていた。霊になったからといって、生前に染みついた『当たり前』はそう簡単に上書きされるものではない。

化け物もそうかと思ったのだが、天木の見解は異なるようだ。

「いや、あの化け物は霊が幾重にも重なり存在が強くなりすぎたからこそ実体に近くなっているというように僕は思う。霊感のない僕の目に見える理由にもなるだろう。逆に、知能の面は低下しているようだ。引手に手をかけて戸を開けようとせず、獣のように闇雲に暴れ回ることしかできないのがその証拠だろう」

獣。天木のその表現は、織家の中で腑《ふ》に落ちた。あれはもう、人と呼べる存在ではない。

「物理的な手段が有効ならば、手の打ちようはある」

「手の打ちようって……木刀で戦うとかですか？」

二階のトイレを破壊した木刀なら、壁に立て掛けてある。しかし、あんなものであの化け物に敵《かな》うとは到底思えない。

天木は「まさか」と、鼻先で笑い否定した。

「単純な話だよ、織家くん。化け物を部屋の中に閉じ込めてしまえばいいんだ」

確かに、戸を開ける知恵のない化け物なら、一時的に部屋に閉じ込めることは可能だろう。

「でも……どうやって閉じ込めるんです？」

尋ねつつ、織家は天木が広げている間取り図に目を落とした。

目的地はキッチンなので、それ以外の場所に閉じ込める必要がある。加えて、あの巨体と長さだ。脱衣室やクローゼットには収まらないとなると、候補は必然的に二階の子ども室、寝室、ウォークインクローゼットの三部屋に限られる。

「片方が囮《おとり》になり、化け物を部屋の中へ誘《おび》き寄せる。化け物の全身が部屋に入ったところで、隠れていたもう一方が外から部屋の戸を閉めるんだ」

「……囮役は、どうやってその部屋から出るんですか？」

訊《き》きながら、織家も自分で考えてみる。

今織家たちのいる子ども室ならば、出入り口は二か所ある。しかし、双方があまりにも近すぎるので、一方から入ってきた化け物を室内で振り切り、もう一方から飛び出て戸を閉めるというのはかなり難しいだろう。

「無論、策はある。説明に移るぞ」

そう告げる天木の表情は、これまでの事故物件調査の時と同様に自信に満ちている。

ならば、きっと今回も大丈夫だ。

頷《うなず》く織家は、天木の話す内容に耳を傾けた。

◆

子ども室の戸を音を立てぬよう開き、廊下を這《は》うようにしてやって来たのは、隣の寝室だった。中に入り戸をゆっくりと閉め、天木と織家は揃って胸を撫《な》で下ろす。

休憩もそこそこに、立ち上がった天木は南東の引き違い窓を開ける。フラワーボックスを隔てて広がる外の世界は、変わらず音も色もない暗闇が広がっているだけだった。

「天木さん、本当にやるんですか？」

織家が、心配そうに眉《まゆ》を垂れながら天木に問いかける。怖《お》気《じけ》づく気配のない天木は「ああ」と頷いた。

作戦を実行する部屋は、階段を上った正面にある寝室である。そして、囮役は天木に決まった。元より織家にそんな役をさせるつもりはなかったが、そもそもこの役は天木でなければ務まらないのだ。

化け物を閉じ込める作戦は、至って単純である。

織家には対面のウォークインクローゼット内に待機してもらい、天木は寝室内に化け物を呼び込む。化け物の全身が寝室の中に収まり次第、織家にはウォークインクローゼットから出て寝室の戸を閉めてもらう。これで化け物の捕獲は完了だ。

天木も当然、時間稼ぎのための犠牲になるつもりはない。逃げ道として選んだのは、先ほど開け放った寝室の窓だった。

白い家を住宅と認識していない天木の出入りは自由だが、降霊術でこの家に縛られている化け物は窓から出ることができない。南東側の一階と二階の間には下屋根があるので、それを伝ってウォークインクローゼットの窓から家の中に戻るという計画だ。

なおも織家は、天木へ不安げな眼差《まなざ》しを向けてくる。

「大丈夫だ、織家くん」

「……絶対、無事に戻ってきてくださいね」

そう言い残すと、織家は後ろ髪を引かれるようにしながら寝室を出て、ウォークインクローゼットの中に身を隠した。

さあ、正念場である。目を閉じると、あの化け物のおどろおどろしい姿が蘇《よみがえ》る。それだけでも足が震え、目に涙が滲《にじ》み、赤子のように泣き出したくなるほど怖いのが本音だが、そんな弱音を吐くわけにはいかない。

今夜、この家を救う。織家と共に、そう決めたのだから。

両の頬をパチンと叩《たた》き、覚悟を決める。その決意が揺るがぬうちに、天木は階段の上から階下へ向けて大声を出した。

「いい加減にこの家から出ていけ！　化け物め！」

言い終わるか終わらないかのうちに、化け物の無数の顔が階段下に覗《のぞ》いた。その全てが無表情から笑顔に変わり、数えきれない数の腕で大きく長い胴体を支えながら、階段をムカデのように高速で駆け上がってくる。

天木は寝室に逃げ込み、すぐさま窓に飛びついた。フラワーボックスを乗り越えて下屋根に着地し、室内に目をやる。こちらに迫る化け物の後ろで、織家が作戦通り寝室の戸を閉めるのが確認できた。これで後は、天木が逃げ切るだけである。

摑《つか》んでいたフラワーボックスから手を離し、勾配《こうばい》のついた洋瓦《ようがわら》の上を壁伝いに歩き出す。ウォークインクローゼットの窓までの距離は、約三メートルある。短いようだが、今だけは果てしなく長く思えた。

足を踏み外し転がり落ちれば、天木の体は得体の知れない暗闇に呑《の》まれる。そうなれば、果たしてどうなってしまうのだろう。頭を過《よぎ》る恐ろしい想像を振り払い、天木は慎重に前へと進んだ。

突如として、地震のような振動が家全体を揺らした。天木は転ばないようその場にしゃがみ込み、後ろを振り返る。寝室の窓からは、葡萄《ぶどう》の果実のように集まった無数の顔が外へ出ようともがいていた。先ほどの振動は、化け物が窓へ体当たりした衝撃だったようである。

「待て。出れない。連れてって。ずるい。僕も。ああ。外」

無数の口が同時に話す声が重なり、解読不能な言語のように聞こえてくる。出たくても出られないその様子を見るに、化け物は読み通り降霊術による力で押さえつけられているようだった。

今のうちだ。天木は立ち上がり、ウォークインクローゼットの窓を目指す。あと少しでフラワーボックスに手が届くところまで来て、自然と頬が緩んだ。

——それがいけなかった。

「っ⁉」

いきなり右足が前へ出なくなり、バランスを崩した天木の体は前方に傾く。足元に目を向けると、化け物が意地で伸ばしたのだろう腕の一本が、天木の右足を摑んでいた。その腕は、ひとりかくれんぼの禁忌を犯したからなのか、急激にミイラの如く痩《や》せ細り、塵《ちり》となって消えていく。

化け物の嘲《あざけ》る声を背に受けながら、天木は転ぶまいともう片方の足で屋根の瓦を蹴《け》り、フラワーボックスを摑もうと手を伸ばす——が、あと少しのところで届かない。

自分の倒れる様子が、やたらとスローに見えた。フル回転する脳が僅《わず》かな時間で助かる方法を探そうともがいているが、この状況ではどうしようもない。天木の体はこのまま屋根に打ち付けられ、転げ落ちるだろう。

「天木さんっ！」

摑む場所を探していた右手が何かに触れて、天木の体は宙にぶら下がる。見上げる先には、歯を食いしばり両手で天木を掴んでいる織家の姿があった。

「お、織家くん！」

「は、早く上がってください！」

「ああ！」

天木は慌てて左手でフラワーボックスを掴み、自身の体を持ち上げて家の中へと滑り込ませる。化け物の嘲る声は、憎しみの籠《こも》った嘆きへ変わっていた。

「た、助かったぞ織家くん。ありがとう」

「このくらい、お安い御用ですよ」

織家が強がっていることは、右肩を押さえている様子から察することができた。細腕で成人男性の全体重を支えたのだ。肩が抜けていてもおかしくはなかっただろう。

「このまま、作戦通りいこう」

薄情に思われるかもしれないが、今は優先しなければならないことがある。感謝も謝罪も心配も、あとで気が済むまでさせてもらおう。

頷く織家と共に、天木はウォークインクローゼットを飛び出した。

◆

天木の後ろに続き階段を駆け下りた織家は、彼と別れてキッチンへと向かう。最優先の目標は、塩の確保だ。腕を動かすと右肩に痛みが走るが、そんなことに構ってはいられない。

化け物に見つかる心配は一旦《いったん》なくなったので、スマホのライトをつけてキッチンの収納を物色するが、なかなか塩が見つからない。そうしている間も、二階の寝室からは化け物の絶叫と縦横無尽に暴れ回る音が聞こえてくる。気ばかりが焦った。

「ない！　ない！」

堪《たま》らず叫びながら、戸棚の奥へ手を突っ込む。手に触れた冷たい筒形のものを引っ張り出すと、それは『ＳＡＬＴ』と書かれた透明の瓶だった。

「あった！　見つけましたよ天木さん！」

嬉《うれ》しさの余り大声を上げると、キッチンへ駆けつけた天木は「こちらもだ」と自身の成果を見せる。彼の腕の中には、白いクマのぬいぐるみが抱えられていた。

ひとりかくれんぼの核である、咲也の魂が入ったぬいぐるみで間違いない。天木がここまでスムーズにぬいぐるみを見つけ出せたのには、理由があった。

ヒントになったのは、正路の話の内容だ。彼はぬいぐるみはしょっちゅうなくなり、その度に意外なところから見つかったと話していた。それを正路は大崎一家の霊の仕業と捉《とら》えていたようだが、違う。

あれは単純に、咲也が父親とかくれんぼをしていただけなのだ。そう考えれば、正路が『楽しかった』と感じていた理由にも繫《つな》がる。

正路から聞いていたぬいぐるみの発見場所はサンルーム、浴室、洗面スペース、ダイニング横のクローゼット、階段下の物入れの五か所だ。いずれも一階であることから、咲也は二階を避けていると思われる。自身の死に繋がった階段を上ろうとしないのは当然であり、生前にかくれんぼを行っていた時も、きっと二階は禁止というルールで遊んでいたのだろう。

かくれんぼである以上、同じ場所に隠れる可能性は少ない。加えて、床下や壁の中など見つけられない場所には隠れない。見つかるからこそ楽しい遊びなのだから。一階に限定し、その中でも五か所は無視していい。そうなれば、捜す場所はかなり絞ることができる。天木の推測は、的を射ていたようだ。

「織家くん。早く塩を」

「はい！」

織家は瓶の蓋《ふた》に手をかける。そこで、ようやく気づいた。

「……駄目です、天木さん」

スマホのライトで照らす瓶の中の塩だっただろうものは——単なる黒い塊に成り果てていた。

「腐っているんでしょうか？」

「いや、塩が腐ることはない。だが、盛り塩が黒く変色するというのはオカルトにおける定番だ。降霊術の舞台に放置され続けたこの塩に、もう清めの力は残されていないのだろう」

「そんな！」

「掻《か》き出せば、奥にまだ白い塩が残っているかもしれない。ぬいぐるみを頼む」

クマのぬいぐるみを織家に渡すと、天木は瓶の蓋を開けてひっくり返した。しかし固まっているらしく、いくら振っても中身が出てこない。

そうこうしている間も、化け物の暴れ回る音が止むことはない。次の瞬間にでも化け物は戸を破壊し、階段を滑り降り自分たちに襲いかかるかもしれない。そう考えると怖くて仕方がなく、織家はぬいぐるみをきつく抱き締めた。

すると、

「苦しいよ」

ぬいぐるみが、子どもの声で訴えてきた。織家は慌てて腕の力を緩める。

「ああ、ごめん！　えっと……咲也くんだよね？」

「そうだけど、お姉ちゃん誰？　パパは？　僕、今パパとかくれんぼしてるんだ」

無垢《むく》なその言動に、織家は言葉を失った。咲也は気づいていないのだ。自分が亡くなっていることも。家族がこの家を出て四年半もの歳月が経過していることも。

父親が捜しに来てくれるのを、化け物の闊歩《かっぽ》するこの家でずっと待ち続けていたのだ。

「ねー、パパは？」

現状を理解できていない咲也が不憫《ふびん》で、健気で、可哀想で——込み上げてくる感情が、目尻《めじり》へと集まってくる。

「……ごめんね、咲也くん。こんなに遅くなってごめんね」

織家の目から零《こぼ》れ落ちる涙が、ぬいぐるみの白い毛並みを濡《ぬ》らした。

——刹那《せつな》、材木を力ずくでへし折るような音と共に、化け物が雪崩の如く階段から落ちてきた。直列に並ぶ手をばたつかせながら、無数の顔を笑顔に変えて笑い声と共に突進してくる。

「くそっ！」

天木は藪《やぶ》から棒に塩の入った瓶を投げつけたが、化け物の勢いは収まらない。天木は咄嗟《とっさ》に、織家を庇《かば》うように覆いかぶさった。織家も覚悟する他なく、ぬいぐるみを守るように背中を丸めてきつく目を閉じる。

——しかし、おかしい。いつまで待っても、化け物が襲いかかってくる気配がない。

おそるおそる目を開けると、抱いているぬいぐるみが眩《まばゆ》いばかりの白い光を放っていた。

その明るさを嫌がるように、化け物は呻《うめ》き声を上げながら悶《もだ》え苦しんでいる。

「えっ……一体何が……？」

「織家くんっ！　今だ！」

混乱こそしたものの、天木の言葉で今自分が何をすべきなのかを理解した。織家は神々しく光るぬいぐるみと向き合う。

そして、宣言した。

「咲也くん。私の勝ち」

瞬間、化け物は断末魔と呼ぶに相応《ふさわ》しい老若男女の入り混じる絶叫を上げながら、泥人形のようにその場で崩れ落ちる。その残骸《ざんがい》も、蒸発でもするかのように空気中へと消えていった。

家中を包んでいた暗く重々しい空気も晴れていき、体が解放感に満たされる。

「……あっ」

織家は、リビングの大きな窓へ歩み寄る。ガラスの向こうは、もう単なる暗闇ではない。門扉や街灯に、ぱらぱらと降る雪の様子も見受けられる。

その光景を前に、織家はようやく確信を持てた。

――全て、終わったのだ。

「やったな、織家くん」

ぼんやりと雪を眺めていると、隣に歩み寄った天木がそう声をかけた。積年の願望を果たした彼は、体中の毒気が抜けたかのようなさっぱりした笑顔を見せている。

求められた握手に、織家はとびきりの笑顔で応じた。

だが、これで終わりではない。まだやることは残っている。

織家が振り返った先には、ぬいぐるみから抜け出た咲也の霊が立ち竦《すく》んでいた。加納邸の遺影で見た弟の誇白と瓜二《うりふた》つの顔は、今にも泣き出しそうに歪《ゆが》んでいる。

「……咲也くんがそこにいるのか？」

降霊術が解けたこともあってか、天木にはその姿が見えないようだった。織家が頷《うなず》くと、天木はその空間をじっと見据える。たとえ見えずとも、そこにいる咲也を心配するように。

咲也には自らの死を受け入れ、旅立ってもらわなければならない。だが、そのことをどう伝えればいいのか、織家にはわからない。幼くして亡くなってしまった彼にかける言葉が、どうしても見つからなかった。

押し黙っていると、ふと隣に人の気配を感じる。視線を向けると、そこには幼い女の子の姿があった。

歳は咲也より少し上くらいだろうか。髪はサラサラのセミロングで、ピンク色の可愛らしい服を着ている。

「……羽澄ちゃん？」

見た目は織家の知る姿と全く異なるのに、不思議と彼女は玄関のクローゼットに隠れていた羽澄だと理解できた。羽澄はこちらを見上げ、顔を綻《ほころ》ばせる。

「ありがとう、お姉さん。アレに取り込まれてしまったパパとママも、きっと解放されたと思う」

アレとは、化け物のことだろう。羽澄が一人きりの時点で察してはいたが、やはり両親は化け物に取り込まれてしまっていたようだ。

羽澄が咲也の方を向くと、彼は泣きそうだった顔から一変、笑顔を咲かせる。

「お姉ちゃん！」

胸に飛び込んだ咲也を、羽澄は優しく抱擁した。

「ごめんなさい、咲也。私はただ、一緒に二階で遊びたかっただけなの」

羽澄の懺悔《ざんげ》するようなその言葉は、咲也の死の原因を表していた。

なぜか開いていた階段の柵《さく》と、一人で上った結果転落した咲也。それは、羽澄が二階で遊ぼうと誘ったことが原因のようだった。その行動が招いた結果は最悪だったが、羽澄は決して悪意で咲也を手にかけたわけではなかったのだ。

クローゼットの中で羽澄に出会った際、織家は彼女自身がここから出たいから助けを求めているのだと思い込んでいた。しかし、咲也に優しく寄り添う彼女を前にした今、その考えは間違っていたのだと気づかされる。

羽澄は自らではなく、最初から咲也を救ってほしくて霊感持ちの織家に助けを求めていたのだ。

「咲也。お姉ちゃんと一緒に行こう」

「でも、パパとママが」

「大丈夫。一緒に遊んでいれば、いつか必ず会いに来てくれるから」

「……うん。わかった」

手を繫《つな》ぐ羽澄と咲也が、温かい光に包まれていく。二人は織家へ笑顔で手を振ると、光の中へ歩き去るようにして消えていった。

かくして、白い家の心理的瑕疵《かし》は、ようやくその全てが取り払われたのだった。

◆

疲労困憊《こんぱい》の織家と天木は、空橋に手配してもらったタクシーで事務所へと戻った。織家は帰り次第軽くシャワーを浴びると、すぐに自室のベッドに倒れ込み泥のように眠った。

「んんー……」

織家が目覚めると、辺りはまだ暗かった。そんなに眠れなかったのかと思いつつ、スマホを見る。すると、驚くことに時刻はクリスマス・イヴの午後八時を示していた。眠りについたのが午前四時くらいだったことを考えると、約十六時間も寝ていたことになる。

欠伸《あくび》を噛《か》み殺しながら階段を下りると、一階の事務所は真っ暗だった。天木も自宅に戻り休んでいるのだろう。

ふと、全てが終わったらクリスマスパーティーを盛大にやろうと出発前に話していたことを思い出す。少し寂しさを覚えつつ水を飲みに給湯室に向かおうとした、その時だった。

「メリークリスマス！」

パンという音が盛大に響き、織家は「ひっ！」と声を漏らす。照明がつけられると、事務所内にはクラッカーを鳴らした七瀬と、天木に空橋にヒゲ丸、そしてなぜか斑間の姿もあった。

「もう、起きるの遅いよ織家ー。ケーキ食べずに待ってたんだからね」

七瀬は織家の頭を猫のようにごしごし撫《な》でると、応接スペースの三人掛けソファーのど真ん中に座らせた。

「本日の主役の登場だ。本当にお疲れ、織家ちゃん」

隣に座る空橋の労《ねぎら》いの言葉に合わせるようにして、彼の腕の中でヒゲ丸がニャンと鳴く。

「空橋さんこそ、長い間お疲れさまでした」

労いを返すと、空橋は眼鏡を外して涙を拭《ぬぐ》っていた。ひょっとすると、既に酒を飲んでいるのかもしれない。

「ところで、何で斑間さんがここにいるんですか？」

織家が気になっていたことを問うと、床の上で胡坐《あぐら》をかいていた彼は意気揚々と立ち上がった。

「そりゃあ、俺も協力したからさ！　な、旦那《だんな》！」

「その呼び方はやめろと言っているだろう」

犬のように懐いている斑間を、天木は怪訝《けげん》な顔つきで突き放した。織家が知らない間に、あれほどギスギスしていたはずの二人の距離は縮まっているようだった。

「何があったんですか？」

織家は、隣の空橋にこっそり尋ねる。

「成り行きで仕方なく事故物件調査のことを話したら、すっかり天木を気にいっちゃったみたいなんだ。彼も心霊現場に出向いたりしているから、通じるものがあったんだろうね」

「はぁ」

斑間は自身の額をぺちんと叩《たた》き、大袈裟《おおげさ》なリアクションを見せる。

「旦那は只者《ただもの》じゃねーとは思ってましたが、まさか有名人のご両親を持つ売れっ子建築士とは恐れ入りました！」

「言っておくが、動画にするつもりならこちらもそれ相応の対抗措置を取るぞ」

「んなことしませんよ。おかげでぬいぐるみもきちんとお焚《た》き上げできましたし、俺は旦那に恩を感じてんすから」

彼は白い家をあんな状態にした原因の一端を担っていたわけだが、こんな様子を前にしては憎むのも馬鹿らしくなる。それに、彼が特別悪いわけではない。運やタイミングなど、本当に悪いことが重なった結果が白い家の惨状だったのだ。

「まあ、俺としちゃあこのままの方が旨《うま》い汁も吸えそうですし」

スマホを弄《いじ》りながら、斑間は怪しい笑みを見せる。その言葉が妙に引っかかったが、七瀬が冷蔵庫から持ってきたホールケーキを目にした途端に、そんな些細《ささい》なことはどうでもよくなった。

各々《おのおの》が飲み物の注がれたグラスを手に取り、天に掲げる。

「天木。何か言えよ」

空橋に促され、天木はごほんと一つ咳払《せきばら》いをした。

「それでは、聖夜《イヴ》と白い家の解放を祝して……乾杯！」

◆

二時間も経つと、クリスマスパーティーも終わりが見えてきた。ご馳走《ちそう》は大方食べ終えて、ローテーブルの上は人気を得られなかった品が少し残されている程度である。

案の定酔いつぶれた空橋はソファーの上で眠り、ヒゲ丸は織家のデスクの上で見事な香箱座りを披露している。七瀬は斑間と同じソーシャルゲームで遊んでいることが判明して以降、二人で協力プレイに勤《いそ》しんでいた。

少し外の空気を吸いたくなった織家は、こっそり玄関から庭に出る。雪こそ降っていないが、十二月の夜の風はさすがに冷たい。一枚羽織ってくればよかったと思ったところで、後ろから肩にコートをかけられた。

「風邪を引くぞ」

傍らには、いつの間にか天木が立っていた。かけてくれた彼の黒いコートは、織家には大きすぎて裾《すそ》が地面に擂《す》りそうだった。

「痛めた肩はどうだ？」

「大したことないですけど、明日《あした》念のため病院に行ってこようと思います」

「ああ、それがいい」

その後は、どちらとも何を話すわけでもなく、しばらくの間黙って冬の夜空を見上げていた。口から出る白い息を眺めながら、白い家の怪異を取り払うことができたのだという事実を改めて嚙み締める。

たったの半年しか手伝っていない織家でも、こんなに嬉《うれ》しいのだ。何倍もの歳月を解決に努めてきた天木にとっては、喜びもひとしおに違いない。

ふと、わからないことがまだ一つだけ残っていたことを織家は思い出す。

「そういえば、塩水がなかったのになぜひとりかくれんぼを終了させることができたんでしょうか？」

キッチンで見つけた塩は使い物にならなかったため、あの状況では『ぬいぐるみに塩水をかける』というひとりかくれんぼの終了条件の一つを満たせなかったはずである。

織家の疑問に、天木は自身の目を指し示した。

「その理由は、君の涙だろう。涙がしょっぱいのは、微量の塩分が含まれているからだ」

確かにあの時、咲也の境遇に織家は涙を流し、その数滴がぬいぐるみに当たっていた気もする。広義に解釈すれば、涙も塩水と言えなくはないのかもしれない。

納得する織家の隣で、天木はぼそりと言葉を付け足した。

「まあ、僕はそれだけが理由ではないと思っているがな」

それはつまり、涙を流す織家の強い気持ちも解決に繋がったと言ってくれているのだろう。照れている様子の天木が何だか可愛く見えて、思わず頬が緩んでしまう。

「白い家の改装プラン、考えないといけませんね」

「ああ、これから忙しくなるぞ」

けしかける天木に、織家は「望むところです」と力強く答えた。

エピローグ

正月気分も抜け切りつつある、一月の半ばのこと。

織家と天木の二人で考えている白い家の改装プランは、だいぶ形になりつつあった。

しかし、まだまだ課題は山積みである。

怪異を取り除いたと言っても、事故物件情報サイトからマークが消えるわけではない。白い家は今後も心霊スポット扱いのままであり、それを理由に各業者から仕事を断られることもあるだろう。

「あいつめ」

不意に、後ろから天木の悪態が聞こえてくる。振り返ると、彼は自分のデスクのパソコンでとある動画を再生していた。

チャンネル名は、マダラマチャンネル。映像の中で闇夜に浮かび上がっているのは、モザイク処理こそされているがどう見ても白い家だった。

動画タイトルは『霊が事故物件から出て行く決定的瞬間』。三十秒ほどの短い動画の後半には、白い家から煙のように天へ上る数多くの光が映し出されていた。おそらくは、化け物が消滅する瞬間を外から捉《とら》えたものなのだろう。

クリスマスパーティーの夜に、斑間が呟《つぶや》いていた『旨い汁が吸えそう』という言葉の意味を、織家はようやく理解する。さすがは心霊系動画投稿者。決定的瞬間は逃さなかったようだ。

動画の再生数は、アップロードから三日で百万再生を超えていた。コメント欄には、様々な意見が寄せられている。

『合成だろ。しょうもない』『やらせ投稿者』などといった端《はな》から疑ってかかるものもあれば、『この家ヤバい！』『絶対に住みたくない』といった素直に怖がるコメントも見られる。

いずれにしても、白い家の受ける扱いはぞんざいだ。この先綺麗《きれい》に直したとして、果たして住んでくれる人が見つかるのだろうか。

「織家くん」

俯《うつむ》く織家の名を呼んだ天木は、とあるコメントを指さす。

『霊が出て行ったんなら、この家ってある意味一番安全なのでは？』

そのコメントには、八件のいいねがついていた。

「程度にもよるが、事故物件でも気にせず住めるという人は三割ほどいるそうだ。このコメントのような考え方の人が多くなれば、家としての使命を全うできる事故物件は増えていくかもしれないな」

「……そうなるといいですね」

自身のデスクに戻った織家は、気合いを入れ直して白い家の改装プランに取り組む。

よく考えれば、先ほどのコメントのような考え方の人が増えるのを待つ必要などない。事故物件なんて関係ないと思えるほどに住みたい家を、自分がデザインすればいいのだ。

白い家は、これから生まれ変わる。織家と天木が、再び魂を吹き込む。まだ見ぬ新たな理想の家に思いを馳《は》せて、織家はマウスを走らせた。

「おっ邪魔しまーす！」

そんな折、急に空橋が事務所を訪れる。腕の中には、赤いセーターを着たヒゲ丸が収まっていた。

「お疲れ織家ちゃん。ほら天木、事故物件調査依頼だ」

「おお、待っていたぞ」

「ちょ、ちょっと待ってくださいっ！」

当然のように空橋から書類を受け取った天木に、織家は椅子から立ち上がり待ったをかける。

「白い家を解決したんですから、もう事故物件を調査する必要ないじゃないですか！」

「冷たいことを言うな、織家くん。世の中には、心理的瑕疵《かし》に頭を抱える人がまだまだたくさんいる。放置すれば、いずれまた第二、第三の白い家が出ないとも限らないだろう」

「それはそうかもしれませんけど……」

どうやら、天木は事故物件調査を止《や》める気はないらしい。正直、そんな予感はしていた。そして、継続を知らされてもバイトを辞める気など更々起きない織家自身も、すっかりこの事務所の方針に毒されてしまっているのかもしれない。

嬉しそうに書類に目を通す天木に、織家は悪戯《いたずら》顔で尋ねた。

「天木さんって、やっぱりオカルト好きですよね？」

すると彼もまた、悪戯顔でこう返すのだった。

「何を言う。僕はオカルトなんて、大嫌いだ」

本書は書き下ろしです。この作品はフィクションであり、登場する人物・地名・団体等は実在のものとは一切関係ありません。

事故物件探偵《じこぶっけんたんてい》

建築士《けんちくし》・天木悟《あまきさとる》の挑戦《ちょうせん》

皆藤黒助《かいとうくろすけ》

令和6年 10月25日　初版発行

発行者●山下直久

発行●株式会社KADOKAWA
〒102-8177　東京都千代田区富士見2-13-3
電話　0570-002-301(ナビダイヤル)

角川文庫 24371

印刷所●株式会社暁印刷
製本所●本間製本株式会社

表紙画●和田三造

ISBN 978-4-04-115416-8　C0193

◇◇◇

角川文庫発刊に際して

角川源義

第二次世界大戦の敗北は、軍事力の敗北であった以上に、私たちの若い文化力の敗退であった。私たちの文化が戦争に対して如何に無力であり、単なるあだ花に過ぎなかったかを、私たちは身を以て体験し痛感した。西洋近代文化の摂取にとって、明治以後八十年の歳月は決して短かすぎたとは言えない。にもかかわらず、近代文化の伝統を確立し、自由な批判と柔軟な良識に富む文化層として自らを形成することに私たちは失敗して来た。そしてこれは、各層への文化の普及滲透を任務とする出版人の責任でもあった。

一九四五年以来、私たちは再び振出しに戻り、第一歩から踏み出すことを余儀なくされた。これは大きな不幸ではあるが、反面、これまでの混沌・未熟・歪曲の中にあった我が国の文化に秩序と確たる基礎を齎らすためには絶好の機会でもある。角川書店は、このような祖国の文化的危機にあたり、微力をも顧みず再建の礎石たるべき抱負と決意とをもって出発したが、ここに創立以来の念願を果すべく角川文庫を発刊する。これまで刊行されたあらゆる全集叢書文庫類の長所と短所とを検討し、古今東西の不朽の典籍を、良心的編集のもとに、廉価に、そして書架にふさわしい美本として、多くのひとびとに提供しようとする。しかし私たちは徒らに百科全書的な知識のジレッタントを作ることを目的とせず、あくまで祖国の文化に秩序と再建への道を示し、この文庫を角川書店の栄ある事業として、今後永久に継続発展せしめ、学芸と教養との殿堂として大成せんことを期したい。多くの読書子の愛情ある忠言と支持とによって、この希望と抱負とを完遂せしめられんことを願う。

一九四九年五月三日

事故物件探偵

建築士・天木悟の執心

皆藤黒助

心理的瑕疵《かし》、建築知識で取り除きます。

憧れの建築士・天木悟《あまきさとる》の近くで学びたいと、横浜の大学の建築学科に入学した織家紗奈《おりやさな》。早速天木がゲストの講義に参加するが、壇上にいたのは天木と、見知らぬ幽霊だった！　織家はげんなりするが、講義終了後、天木から「君、見える人だろう？」と尋ねられる。そしてその力で「事故物件調査」のバイトをしないかと誘われ……。若手有名建築士の裏の顔は「心理的瑕疵」を取り除く建築士⁉　天才とその助手の事故物件事件簿！

角川文庫のキャラクター文芸

ISBN 978-4-04-114406-0

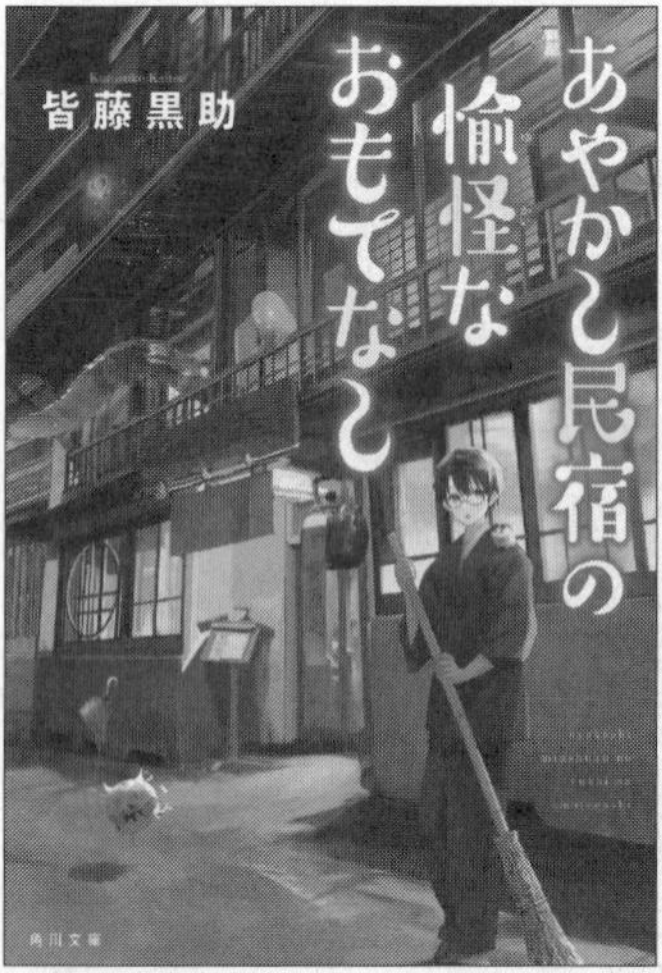

あやかし民宿の愉怪《ゆかい》なおもてなし

皆藤黒助

お宿が縁を繋ぐ、ほっこり泣けるあやかし物語

人を体調不良にさせる「呪いの目」を持つ孤独な少年・夜《や》守集《もりしゅう》。高校進学を機に、妖怪の町・境港《さかいみなと》にある民宿「綾《あや》詩荘《しそう》」に居候することに。しかしそこは、あやかしも泊まれる宿だった！　宿で働くことになった集はある日、フクロウの体に幼い男の子の魂が憑いたあやかし「たたりもっけ」と出会う。自分の死を理解できないまま彷徨《さまよ》う彼に、集はもう一度家族に会わせてあげたいと奮闘するが――。愉怪で奇怪なお宿に、いらっしゃいませ！

角川文庫のキャラクター文芸

ISBN 978-4-04-113182-4

真実は間取り図の中に

半間建築社の欠陥ファイル

皆藤黒助

建物の謎、解決します！

亡き父と同じ大工になった環奈がやっと就職した半間建築社は、無理難題や原因不明のトラブルが絡んだ「欠陥案件」ばかりが持ち込まれる奇妙な設計事務所だった！住みづらくなる増改築を繰り返す老婦人、巨人の幽霊が出ると噂の旅館、古い公衆トイレを彼氏だと言い張る女子高生、恩師の新居にこめられたある想い――。推理力だけは一級のヘタレイケメン建築士・半間樹が建物にまつわる謎を解き明かす、痛快建築ミステリ！

角川文庫のキャラクター文芸

ISBN 978-4-04-107394-0

思い出の品、売ります買います 九十九《つくも》古物商店

皆藤黒助

大切にしていた物には心が宿ります

下駄を鳴らして歩きたくなる温泉の町、箱根強羅。のどやかな軒並みの中に、その店はある。店主は浮世離れした美しい女性。古物商なのだが、扱う品は変わっている。それぞれが次の持ち主を選ぶというのだ。心ある器物、いわゆる付喪神なのだった。最近出入りする青年には全てが驚くことばかり。だが彼は知ることになる。大切にされた道具には特別な思い出がこもっていることを。身近なものが愛おしくなる、優しさに満ちた物語。

角川文庫のキャラクター文芸

ISBN 978-4-04-105696-7

ようするに、怪異ではない。

皆藤黒助

振り回され系青春ミステリ、スタート！

「要するに、これは怪異の仕業ではありません」——。高校に入学した皆人《みなと》が出会ったハル先輩は、筋金入りの妖怪マニア。彼女は皆人のもとに「妖怪がらみの事件」とやらを次々に持ち込んでくる。部室に出ると噂の幽霊の正体、天窓から覗くアフロ男、監視カメラに映らない万引き犯……。とある過去から妖怪を嫌う皆人は、ハル先輩に振り回されながらも謎を解き明かしていく。爽やかでほろ苦い、新たな青春ミステリの決定版！

角川文庫のキャラクター文芸

ISBN 978-4-04-102929-9

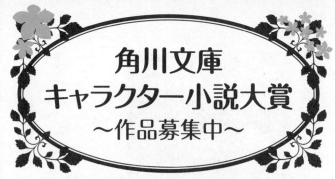